눈물토끼가 떨어진 날

차례

프롤로그. **눈물 재판** – 7

1. **첫 만남** – 16
2. **전학생** – 35
3. **소문** – 48
4. **로그함수** – 63
5. **새침데기 왕자** – 77
6. **염색** – 94
7. **감정 구슬** – 104
8. **숨겨진 교훈** – 123
9. **고장 난 수도꼭지** – 138
10. **껄끄러운 재회** – 155
11. **준비** – 165
12. **망각의 씨앗** – 183
13. **귤맛 슈크림** – 221
14. **약속** – 234

에필로그. **피자집** – 265

작가의 말 – 274

프롤로그.

눈물 재판

각이 딱 떨어진 나무 의자와 책상은 딱딱한 분위기를 대변했다. 증인석을 내려다보듯 높게 위치한 재판부석 양옆에는 검사석과 피고인석이 대치했다. 여느 법정과 다를 바 없는 모습이었다.

"당시 329번 눈물 탱크는 정상 작동하고 있었습니다. 지금도 아무 이상 없고요. 일부러 눈물 탱크의 밸브를 조작한 게 아니라면 눈물 유출은 절대 '우연히' 일어날 수 없습니다."

여느 법정과 다를 바 없다는 건 어디까지나 내부 구조와 좌석 배치 같은 '법정' 모습뿐이었다. 그곳엔 인간이 없었다. 대신 토끼들이 있었다.

다섯 살 아이만 한 키에 사람처럼 두 발로 서 있는 토끼들은 몸이 액체로 이루어져 있었다. 물이 가득 찬 바가지에 계속해서 물을 부으면 넘치는 것처럼, 그들의 길쭉한 귀와 아기자기한 손가락 끝에선 물방울이 곡선을 그리며 흘러내렸다.

그들끼리 구분되는 점이 있다면 물방울의 색이었다. 화가의 팔레트를 가득 채우고도 남을 만큼 다양한 색이 그 자리에 있었다. 파란색을 띠기도, 분홍색을 띠기도 한 반투명한 액체가 정확히 물인지는 알 수 없지만, 그들의 몸에서는 계속해서 물방울이 뚝뚝 떨어졌다. 다른 이들은 그들을 가리켜 '눈물토끼'라고 불렀다.

"329번 눈물 탱크에 이상이 없다는 점검 결과를 증거로 제출합니다."

검사복을 입은 눈물토끼 하나가 매섭게 눈을 부라리며 서류를 제출했다. 서류에는 복잡한 눈물 탱크의 구조들이 항목별로 하나하나 나열돼 있었고, 그 옆으로는 '정상'이라는 글자들이 줄을 이었다. 검사 눈물토끼가 다시 성큼성큼 피고석으로 다가갔다.

"피고는 329번 눈물 탱크 관리자입니다. 그날도 해당 눈물 탱크를 담당하고 있었죠. 맞습니까?"

법정의 모든 시선이 피고 쪽으로 쏠렸다. 피고. 눈물을 유출했다는 혐의를 받는 눈물토끼의 이름은 '무토'였다.

검사의 다그침에도 무토의 표정은 잔잔한 호수처럼 고요해서 작은 물결조차 일렁이지 않았다. 다만 그는 법정에 있는 토끼들을 모두 눈에 담기라도 하듯 천천히 고개를 움직였다. 법정을 한 바퀴 둘러본 무토의 시선이 자신의 손에 다다라 멈췄다. 물방울 토끼들 사이에서 그만이 유일하게 털을 지니고 있었다. 햇빛이 강한 날 널어놓은 이불처럼 하얗고 뽀송뽀송한 털이었다.

"피고, 대답하세요."

검사가 한 번 더 채근하고 나서야 무토가 다시금 고개를 들어 물방울이 가득한 세상을 마주했다.

"네 맞습니다."

그의 하얀 털만큼이나 건조한 대답이었다. 죄책감이라곤 찾아 볼 수 없는 태도에 검사 눈물토끼가 미간을 찌푸리며 거센 목소리로 질문을 이었다.

"피고는 해당 눈물 탱크를 관리한 지 얼마나 되셨죠?"

"하늘 꽃이 피고 지길 아흔아홉 번 되었습니다."

눈물토끼들은 하늘 꽃이 피고 지는 횟수로 시간을 세었다. 하늘 꽃이 피고 지는 횟수는 초침처럼 정확하지 못했지만, 지구의 시간으로 대략 1개월쯤이었다.

"맞습니다. 하늘 꽃이 피고 지길 아흔아홉 번이나 되는 기간. 밸브를 실수로 조작했다기엔 상당히 오랫동안 눈물 탱크를 관리했죠."

검사 눈물토끼가 '실수'라는 단어를 부정하기 위해 힘주어 말했다. 그도 그럴 것이 밸브를 조작하기 위해선 몇 차례나 기계적인 확인 절차가 필요하다. 실수라기엔 너무도 까다로운 절차를 변호사 측에서는 설비의 노후화와 판단이 모호한 작업지시서 등을 근거로 들며 개인의 책임이 아니라고 주장하고 있었다.

"평소 직장에선 피고를 좋지 못한 시선으로 보는 동료들이 많았습니다. 자신을 무시하는 동료들에게 불만을 표출하고 싶었던 것 아닙니까?"

"재판장님, 이의 있습니다. 검사는 현재 피고를 상대로 유도신문을 하고 있습니다."

날카로운 눈빛의 검사만큼이나 매서운 눈을 한 변호사가 자리를 박차고 일어나자 법정의 분위기가 한층 험악해졌다. 웅성거림이 커졌고 긴장감에 휩싸인 청중들이 더 많은 물방울을 바닥에 흘렸다. 판사가 의사봉을 두드리며 정숙을 외쳤다.

그러는 사이 무토는 다른 눈물토끼들을 바라보며 무언가를 짜내듯 자신의 손을 문질러보았지만, 부드러운 털이 쓸릴 뿐이었다.

무토는 재판이 시작하기에 앞서 변호사들에게 해도 되는 말과 해선 안 되는 말을 속성 과외처럼 들었다. 그렇기에 지금 떠오르는 의문을 입 밖으로 내선 안 된다는 사실을 알고 있었다. 하지만 오래도록 관리받지 못한 댐이 수압에 못 이겨 무너지듯 항상 잠겨 있기만 하던 그의 입이 열렸다.

"실수로 조작하지 않았습니다."

갑작스러운 자백에 검사가 얼어붙은 채 우두커니 서서 동그란 눈으로 그를 쳐다보았다. 당황한 건 검사만이 아니었다. 변호사들은 강에 떠내려가는 보자기를 바라보는 나그네가 되어 처참한 얼굴을 손으로 감쌌다. 재판을 참관하는 눈물토끼들도 전기 코드가 뽑힌 라디오처럼 숨을 죽였다. 바닥을 적시는 물방울마저 느리게 흘렀다.

"지금 고의로 눈물 탱크를 조작했다고 인정하시는 겁니까?"

재판장이 커다란 몸집만큼이나 묵직한 음성으로 물었다. 변호사들은 무토를 바라보며 만류하듯 양손을 빠르게 교차했지만, 무토는 고개를 한 번 끄덕이고는 "네."라고 답했다.

"왜죠? 눈물이 유출될 거라곤 생각하지 못했습니까?"

"아니요. 알고 있었습니다."

무토의 대답에 돌멩이를 던진 호수와 같이 검사의 얼굴에선 방금까지와는 다른 파장이 일렁였다.

"왜 그런 겁니까?"

내뱉은 질문이 심문을 위해서인지 아니면 정말 궁금했기 때문인지 검사조차 확신할 수 없었다. 동요하는 눈동자가 꿍꿍이를 밝히고자 무토를 샅샅이 살펴도, 똑바로 마주쳐 오는 시선에선 상황을 타개하려는 의도가 보이지 않았다.

무토가 다시 입을 열었다.

"눈물은 정말 필요한 겁니까?"

무토에게 던졌던 질문이 마침표를 찍지 못한 채 물음의 꼬리를 물었다. 검사와 무토의 질문에 차이가 있다면, 첫 번째에 비해 두 번째 물음표는 그 끝이 너무 날카로워 금기시되는 질문이었다는 것이다. 눈물토끼들에게 눈물은 삶의 의미이며, 긍지였다. 눈물을 부정하는 건 눈물토끼의 정체성을 흔드는 것이었다.

마음에 품어서도, 입 밖으로는 더더욱 내뱉어서도 안 되는 말임을 알면서도 무토는 물어야만 했다. 막 달군 숯덩이를 손에 쥔 것처럼 뜨겁게 아려오는 마음에 도저히 의문을 외면할 수 없었다.

눈물은 힘든 사람에게 정말 위안이 되고, 도움이 되는 걸까?

슬픔 지수가 가득 찬 소녀가 있었다. 곧 눈물을 쏟으리라 판단했고, 소녀가 슬픔을 모두 흘려보내면 다시 채워줄 생각으로 무토는 눈물 탱크를 점검했다. 무토의 예상과는 달리 소녀는 단 한 방울의 눈물도 흘리지 않았다. 미간을 잔뜩 찌푸리고, 입술이 창백해지도록 깨문 채 거친 숨을 달래며 눈물을 삼켜냈다.

'바보처럼 울지 말자, 약해 보일 뿐이야. 멍청하게 굴지 말자.'

눈물 탱크를 타고 전해진 소녀의 속내는 마모되고 초라해져 한계에 다다른 무토의 마음을 밀쳐 넘어뜨리기에 충분했다.

"매년 지구의 슬픔 지수는 높아지고 있습니다. 하지만 눈물 사용량은 줄어들고 있죠. 사람들은 슬퍼도 울지 않습니다. 더는 눈물이 필요 없기 때문 아닙니까?"

누가 답하든 상관없었다. 누구라도 답해주길 원했다. 하지만 아무리 고개를 돌려봐도 법정에 있는 눈물토끼들은 저마다 각기 다른 표정을 지으며, 무토의 시선을 피하기에 바빴다. 누군가는 못 볼 걸 본 것처럼, 누군가는 부정한 말을 들은 것처럼, 누군가는 상한 음식을 맛본 것처럼 인상을 찡그렸다.

무토의 시선이 방청석 맨 앞줄에서 멈췄다. 그곳에는 눈물의 생산 권한을 가진 눈물주식회사의 임원들이 불만 가득한 얼굴로 앉아 있었다. 눈을 피하는 임원들 사이에서 유일하게 무토를 노려보는 임원 하나와 눈이 마주쳤다. 본 적 있는 얼굴이었다. 예전에 그를 처음 찾아갔을 때처럼 무토는 이번에도 그가 싫어할 법한 말을 뱉었다.

"언제까지 필요 이상의 눈물을 만들 건가요?"

그가 기다렸다는 듯, 두더지 게임의 두더지처럼 벌떡 일어나 무토에게 손가락질하며 열변을 토해내기 시작했다.

"뭐? 장난해? 다 필요하니까 필요한 만큼 만드는 거지! 폐기되는 눈물들은 생각 안 해? 사람들이 안 쓴다고 그럼 비워둬? 그만큼은 계속 채워놔야 할 거 아니야?"

옆에 있던 눈물토끼들의 만류에도 그는 헛웃음과 한숨을 섞어가며 무토를 비난했다. 예전과 똑같았다.

지상에서 사용되는 눈물 양이 미진하다는 여론이 돌자마자, 눈물에도 유통기한이 있어 오래된 눈물은 폐기해야 한다는 발표가 났다. 제시된 증빙 자료들은 빈약하고 신빙성이 떨어졌다. 경험으로 증거 내용이 잘못됐다고 느낀 무토가 그들을 찾아갔고, 그들은 무토가 준비한 자료를 펼쳐보지도 않은 채 무토를 쫓아냈다.

"정숙. 지금부터 본 법정은 피고의 행위에 대한 최종 판결을 내립니다."

악을 쓰는 몇몇 눈물토끼 탓에 소란스러워진 법정은 재판장이 의사봉을 두드리고 나서야 안정을 찾아갔다.

"피고는 비정상적인 방법으로 지상에 유출된 눈물이 초래할 수 있는 위험성을 간과하였으며, 그로 인해 지상에 예측할 수 없는 위기가 발생할 가능성을 높였다. 이러한 행위는 단순한 부주의가 아니라 중대한 과실로 인정될 수밖에 없다."

판결이 이어질수록 걱정이 어려 있던 임원들은 얼굴이 한층 밝아졌다.

"또한, 눈물은 단순한 물방울이 아닌 감정의 흐름이며 우리가 눈물을 만들고 사람들이 눈물로서 감정을 표현하는 것은 생명의 순환과도 같다. 피고는 눈물토끼가 가진 신성한 책무를 저버리며 눈물의 가치를 크게 훼손하였으므로 다음과 같이 판결을 내린다."

유실한 눈물의 행방을 찾아 직접 회수하는 것. 그때까지 지상으로 추방되어 돌아올 수 없다는 내용이 이어졌으나, 무토의 의문은 여전히 풀리지 않았다.

오래된 눈물을 폐기한다는 소식을 들었을 때는 잘못된 사실을 바로잡으려고 애썼다. 유통기한이라는 구실까지 만들어 폐기하는 이유가 눈물을 많이 만들기 위해서라는 걸 알았을 때는 이해할 수 없었다. 필요와 상관없이 그저 많이 만들수록 이득을 취하는 이들이, 자신의 잇속만을 최고로 생각하는 이들이 많다는 걸 눈치챘을 때 무토는 눈물의 가치를 의심하게 되었다.

많이 만들기 위해 폐기할 이유를 붙인다면, 그것에 정말 신성한 가치가 있을까?

눈물을 부정하는 건 눈물토끼를 부정하는 것과 같았다 눈물의 주재료인 물방울이 몸에서 흐르지 않더라도 무토 또한 눈물토끼였다.

'여태 간절하게 생각했던 것들은, 믿었던 것들은 정말 가치가 있던 걸까?' 안개 속에서 길을 헤매듯이 무토는 어떠한 결론도 내지 못했다.

다만, 그는 판결에 따라 지상으로 떨어졌다.

1.
첫 만남

고등학교에 입학해서 반 배정을 받고, 처음으로 받은 숙제는 자기소개서를 쓰는 일이었다. 어떤 문장이, 어떤 단어가 가장 나를 나답게 설명할 수 있을까? 고민이 맺힌 샤프가 야속하게도 종이 위를 뱅뱅 돌기만 할 때, 반가운 친구처럼 손이 가는 문항이 있었다. 이름과 나이, 좋아하는 음식이었다.

이름 한유리, 나이 17세, 좋아하는 음식은 피자. 그리고 그 좋아하는 피자가 지금 눈앞에 있다.

"유리야 뭐 해? 어서 먹어봐."

엄마가 쥔 삼각형 피자 서버를 따라 원에서 분리된 치즈가 길게 딸려 올라갔다. 접시 위로 먹음직스럽게 안착한 피자를 두고도 쉽사리 포크가 움직이질 않았다. 매일 듣는 엄마의 목소리가 오늘따라 쟁반에 옥 굴러가듯 고왔다. 낚싯바늘에 걸린 듯 어색하게 당겨진 입꼬리도 평소와는 달랐다.

"하하. 피자 좋아한다고 들었어."

엄마 옆에 앉은 아저씨의 표정은 더 심각했다. 엄마가 괜찮아 보일 정도다. 어쩌면 나 역시 비슷한 얼굴을 하고 있을까?

아저씨를 만난 건 오늘이 처음이다. 처음이지만 한눈에 엄마의 남자 친구라는 걸 알 수 있었다. 엄마가 최근 연애를 하고 있단 건 어렴풋이 느꼈으니까.

엄마가 집에 늦게 오는 날, 빨래를 널다 베란다 모퉁이에 삐져나온 상자를 발견했다. 판도라의 상자처럼 호기심으로 내 손을 잡아끌던 그 뚜껑을 열지 말았어야 했다. 상자 안에 담겨 있던 건 재단 선이 깔끔하고 멋들어진 갈색 구두였다. 엄마나 내가 신기에 큰 구두는 딱 봐도 남성용이었다. 묘한 기분이 들어 얼른 뚜껑을 닫고 모른 척 돌아섰다. 나랑 전혀 관련 없는 물건이길 바랐고, 창고의 다른 물건들처럼 먼지가 뽀얗게 쌓여 잊히길 바랐다.

그랬는데 오늘 기어코 그 주인이 눈앞에 나타났다.

"입맛이 없니?"

경운기처럼 시끄럽게 떨리는 심장이 좀처럼 진정이 되지 않았다. 쌍꺼풀이 없는 아저씨의 눈매가 어릴 적 세상을 떠난 아빠와 닮아 있다는 점에서 특히나 그랬다.

"유리야?"

떨리는 목소리를 따라 고개를 돌리자 목소리보다 더 불안하게 흔들리는 엄마의 눈동자가 보였다. 금방이라도 무언가 쏟아져 버릴 듯한 눈동자는 마치 기다란 막대 끝에 물이 가득 찬 접시를 올려놓은 듯 아슬아슬했다. 옅게 출렁이는 그 표면에 비친 내 불안한 얼굴이 엄마를 더욱 괴롭히고 있었다.

마음을 다잡아야 했다. 동아리방에 있다고 생각하자. 배역을 맡았다고, 이건 정말 내게 일어나고 있는 일이 아니라고, 극 중의 사건이라고 치부하자.

"맛있겠다."

길게 늘어지는 치즈와 함께 잡념을 잘라냈다. 입꼬리를 올리고, 눈을 반짝이며, 분위기가 처지지 않게 발랄하고 행복한 딸을 연기했다. 주고받는 대화가 길어질수록 아저씨의 어색한 표정도 조금씩 풀어졌다. 엄마의 얼굴에서도 걱정이 덜어지며 안도가 내려앉았다.

나만 훌륭하게 해내면 문제 될 게 없었다. 괜히 말을 붙이고, 농담을 나누며 웃음을 터트렸다. 이 자리가 편안하다는 듯 나른한 고양이처럼 기지개를 쭉 켜고 너스레를 떨기도 했다. 피자가 반으로 줄고, 또 그 반으로 줄 때까지 한참을 연기에 몰입해 있었다. 하지만 더는 견디기 힘든 순간이 찾아왔다.

"전 먼저 가볼게요. 피자 너무 맛있었어요."

극을 마칠 시간이었다. 억지웃음을 짓느라 입꼬리가 아팠다. 연극은 무대에 남겨놓고, 관객에겐 보이지 않는 현실로 돌아가 조용히 숨을 돌리고 싶었다.

딸랑.

가게 문에 달린 조그마한 갈색 종이 무대와 현실을 구분해 놓았던 선을 깨버릴 줄은 꿈에도 몰랐다. 가게로 들어온 가족 손님 중 내 시선을 낚아챈 건 교복을 입은 또래였다. 하필이면 우리 학교 교복이었다.

점원이 그들을 바로 옆 테이블로 안내했다. 경찰에게 쫓기는 범인이라도 된 것처럼 빠르게 몸이 움츠러들었다. 누구지? 곁눈질해 보아도 익숙한 얼굴은 아니었다. 주말인데도 교복을 입고 있는 게 의아했다.

"앞치마 가져다줄까?"

"괜찮아요."

"에이, 새로 산 교복 더러워지면 안 되지."

아빠로 보이는 아저씨의 목소리는 화목한 가정의 분위기가 엿보일 만큼 다정했다. 앞치마 두 개를 가져와 아내와 딸에게 건넨 아저씨가 다시 한번 딸에게 물었다.

"내일부터네. 떨리지 않아?"

"떨릴 게 뭐 있어요. 오히려 기대되죠."

아빠를 쏙 빼닮은 밝은 목소리로 대답하는 딸 덕에 절로 웃음이 지어지는 가족이었다. 나 역시 괜스레 기분이 좋아질 것 같았다. 지금, 이 순간이 아니었다면 말이다. 시선이 느껴졌던 걸까? 환하게 웃고 있던 딸과 눈이 마주치고 나서야 황급히 시선을 돌렸다.

"괜찮으니까, 받아. 가면서 간식이라도 사 먹으렴."

옆 테이블에 정신이 팔려 눈앞에서 벌어지는 상황을 뒤늦게 알아챘다. 엄마의 만류에도 아저씨가 내게 무언가를 내밀고 있었다. 무대로 상상해 온 상황에 금이 간 탓에 자연스러웠던 연기가 도미노처럼 무너졌다. 한시라도 빨리 벗어나고 싶었다.

"네? 아, 네. 감사합니다."

방금까지 싱글벙글 웃던 애가 표정이 굳으니 아저씨도 당혹스러워했지만, 신경 쓸 겨를이 없었다. 나는 아저씨가 내민 게 뭔지도 모른 채 받고는 도망치듯 가게 밖으로 나왔다.

가게를 막 나왔을 때는 이상해 보이지 않으려고 최대한 자연스럽게 걸었다. 자연스러움은 오래가지 못했다. 점차 빨라지는 걸음은 곧 숨을 입안에 가득 밀어 넣어야 할 정도가 되었다. 이미 충분히 멀어졌다는 걸 알면서도 뒤를 돌아보면 옆 테이블에 앉아 있던 그 애와 눈이 마주칠까 봐 겁이 났다.

"헉, 헉."

쉼 없이 뛰다 턱 끝까지 몰려오는 숨을 이기지 못하고 멈춰 섰다. 반소매 티가 땀에 젖어 끈적하게 몸에 달라붙었다. 한여름이 나에게만 성큼 다가오기라도 한 듯 건물 유리에 비친 모습은 꼴이 말이 아니었다. 5월 바람이 시간을 앞서간 내 이마를 쓰다듬으며 천천히 현재로 돌려줬다.

숨을 고르고 나니 손에 꼭 쥐고 있는 게 무엇인지 제대로 눈에 들어왔다. 아저씨가 내게 준 건 5만 원짜리 지폐 두 장이었다.

남들 눈에는 어떻게 보였을까? 그냥 평범한 가족처럼 보였을까? 새로 산 교복이면 전학생인가? 설마 우리 반은 아니겠지? 피자집에서 엄마의 애인을 소개받는 상황이라니. 절대 들키고 싶지 않다.

제자리에서 혼자 빙글빙글 돌며 머리를 싸맨다고 결론이 나올 리 없었다. 빤히 알면서도 도저히 걱정에서 벗어날 수 없었다. 불편한 감정에서 도망치고 싶은 마음을 따라 발이 다시 움직였다. 인적이 드문 곳을 찾아 걷다 보니 오래된 건물들이 옹기종기 모인 한적한 길에 다다랐다.

담쟁이덩굴에 자신의 일부를 내어준 건물들은 쓰임을 다하여 음산한 분위기를 풍겼다. 무언가 정체 모를 것이 훅 튀어나올 법한 건물들 사이로 툭 튀는 건물 하나가 눈에 들어왔다.

가지런히 정렬된 치아들 사이에 박혀 반짝이는 금니처럼, 주변의 낡은 건물과는 다르게 외벽이 유리로 된 깨끗한 건물이었다. 불투명한 유리는 내부를 보여주는 대신 푸른 하늘을 선명하게 비추며 반짝였다.

위쪽이 뾰족하고 밑으로 갈수록 둥글어지는 건물 입구는 꼭 물방울 같았다. 입구 바로 앞에는 묵직한 회색 돌이 바닥에 박혀 있었고, '수족관'이라는 글자가 음각으로 선명히 새겨져 있었다. 간판이 땅바닥에, 게다가 돌덩이라는 점이 무척 특이했다.

'열려 있는 건가?'

살짝 벌어진 문틈 사이로 깊고 신비로운 푸른빛이 해변의 파도처럼 밀려와 발밑을 부드럽게 적셨다. 숨결과 같이 밀려왔다 도로 쓸려 가는 빛을 따라가면 바닷속 풍경을 엿볼 수 있을 것 같았다.

평소라면 들어가길 주저했겠지만, 주머니 속 지폐가 고민을 덜어주었다. 아저씨가 준 돈은 가능하면 빨리 털어내고 싶었다. 조금만 더 솔직해져 보자면, 옛날 생각이 났다. 출장이 많던 아빠가 어렵게 휴가를 내서 함께 손을 잡고 수족관에 갔던 순간이 떠올랐다.

물방울 모양 입구는 반으로 갈라져, 두 개의 손잡이가 나란히 달려 있었다. 바깥으로 살짝 열려 있는 한쪽 문은 보기보다 무게

감이 있어 힘껏 당겨야 간신히 움직였다.

안쪽에는 다른 손님은 고사하고 표를 파는 사람조차 보이지 않았다. 어두운 공간 속 푸른 물결만이 안내판이 되어 길을 보여주었다.

'돌아갈까?'

발소리가 사방에 부딪히며 음산하게 퍼져 무서운 마음이 든 건 잠시였다. 디딘 발을 중심으로 푸른 일렁임이 일더니 다이아몬드에 반사된 빛처럼 사방을 아름답게 물들였다. 한 발짝 더 나아가니 더 강한 빛무리가 내 발을 중심으로 퍼져나갔다. 요즘은 이런 기술도 있구나 하고 신기해하는데, 파도치는 소리 비슷한 소리가 들려왔다. 피아노 건반을 두드리는 것처럼 물결이 물결과 부딪히며 간지러운 멜로디를 만들었다. 잠자고 있던 수조들이 잠에서 깨어난 듯 주위가 순식간에 밝아졌다.

어둠을 망토 삼아 숨어 있던 물고기들이 모습을 드러내며 눈을 마주쳐 왔다. 오색찬란한 열대어들은 저희끼리 속삭이기에 바빴고, 날개를 펄럭이는 가오리와 유유히 흔들거리는 해파리는 느긋해 보였다. 꼬리를 엮어 다정하게 쌍을 이룬 해마도 보였다.

'와… 예쁘다.'

사방이 둥근 유리로 된 수조는 길게 뻗은 복도를 따라 아름다운 해저 터널을 만들었다. 고개를 높이 들고 눈을 가늘게 떠도 유리

너머 수면의 끝은 보이지 않았다. 잠수함을 타고 바닷속 깊은 곳을 누비는 착각에 빠질 정도로 환상적인 광경이었다.

머리 위를 빠르게 지나가는 상어는 오싹하면서도 멋있었다. 은색 비늘을 뽐내는 정어리 떼는 한 몸이 되어 움직이다가도 포식자를 피해 사방으로 흩어졌다가 다시 모여들었다.

더 깊은 곳까지 보고 싶은 마음에 발걸음이 빨라졌다. 물놀이장 슬라이더처럼 구불구불하게 이어지는 복도를 따라 들어가면 물의 색에 따라 구역이 나뉘었다. 짙은 푸른색과 옅은 하늘색, 초록색과 연분홍색의 물빛이 다채롭게 반짝였다.

크기를 가늠하기도 어려울 만큼 커다란 고래가 저 멀리 헤엄치는 광경을 보고 있을 즈음, 사방이 수족관으로 된 복도가 끝이 났다. 어둠이 짙게 내려앉은 곳곳에는 네모난 수조와 동그란 수조들이 여기저기 놓여 있었다. 때때로 별 모양이나 토끼 귀가 솟은 것처럼 생긴 독특한 모양의 어항도 보였다.

토끼 굴처럼 바닥을 파놓은 수조들도 있었다. 문제는 뚜껑이 없어서 발을 헛디디면 빠질 모양새였다. 조심스럽게 다가가 허리를 숙여 안을 들여다보면 끝이 보이지 않을 만큼 굉장히 깊었다. 바닥에 있는 것들은 특히나 주의하며 다음 수조로 넘어갔다.

'얘만 비어 있네.'

수조는 저마다 특이한 모양이었고, 바닥이나 천장 등 아무 데나

붙어 있었지만 모두 물이 차 있었다. 그중 딱 하나. 고래 한 마리는 거뜬하게 들어갈 정도로 큰 수조만 비어 있었다.

첨벙.

어디선가 물소리가 울려 퍼졌다. 부드럽게 출렁이는 소리가 아니었다. 커다란 돌을 연못에 던진 듯한 둔탁한 소리였다. 다른 손님이라도 있는 걸까, 소리가 난 쪽을 살피다 숨이 턱하고 막혔다. 아까 봤던 토끼 굴 같은 수조에 누군가 무릎을 꿇은 채 머리를 박고 있었다. 잔잔하게 흔들리는 물결을 따라 물속에서 부유하는 머리카락이 느리게 일렁였다.

놀라서 119를 부르려 스마트폰 잠금을 푸는 순간, 물 밖으로 드러난 몸이 작게 꿈틀거리는 게 보였다. 일단 꺼내야 한다는 생각이 앞서 다급하게 달려가, 수조에 빠진 사람의 옷깃을 힘껏 잡아당겼다. 생각한 것보다 쉽게 딸려 오는 몸에 무게중심이 기울어지면서 그대로 엉덩방아를 찧고 말았다.

"아야."

옷깃을 꽉 쥐고 있던 손을 풀고, 찌릿하게 아픈 꼬리뼈를 문질렀다. 수조에서 건져 올린 사람은 또래로 보이는 남자애였다. 그는 물속에 고개를 박고 있던 사람치고 무덤덤했다. 게다가 얼굴에는 물기 하나 없어 정말 그가 방금까지 물에 빠져 있던 게 맞는지 의심까지 들 정도로 멀쩡한 모습이었다.

"아직 다 못 했는데."

그는 길을 소복이 덮는 첫눈만큼이나 새하얀 머리카락을 매만지며 중얼거렸다. 그때 이상한 것이 눈을 사로잡았다. 그의 머리카락 위로 길쭉한 털 뭉치가 돋아 있었다. 놀이공원에 가면 다들 하고 다니는 동물 귀 모양 머리띠였다. 다른 점이 있다면 훨씬 반듯하고 털이 세밀해서 진짜 살아 있는 토끼 귀 같다는 것이었다. 반들반들한 윤기까지 났다.

"너는…."

눈이 마주친 순간 그의 눈동자가 일순간 커진 듯했지만 아주 잠깐이어서 착각인가 싶기도 했다. 내 시선을 느낀 그가 자신의 머리에 솟은 토끼 귀를 몇 번 움켜쥐었다 펴길 반복했다.

그때 나는 보고 말았다. 그가 손을 대기 전에 분명 귀가 먼저 움직이는 것을. 마술인가? 어떻게 한 거지? 엄청 부드러워서 만져보고 싶기도 했다.

"들키면 안 되는데, 봐버렸네."

나란히 엉덩방아를 찧고 있던 탓에 그의 눈동자가 바로 눈앞에 있었다. 불그스름한 빛이 도는 짙은 홍갈색 눈동자는 수조에서 물결치는 푸른빛과는 다른 의미에서 신비롭게 일렁였다. 그가 다시 입을 열었다.

"여긴 어떻게 들어온 거야?"

입장료를 내지 않았다는 사실이 번뜩 떠올랐다. 어쩌면 여기서 일하는 사람일지도 모른다는 생각에 5만 원짜리 지폐가 들어 있는 주머니에 얼른 손을 집어 넣었다.

"아, 문이 열려 있었는데, 빛이 나길래…. 돈은 있어요."

급한 마음에 횡설수설하다 혀가 꼬여 창피했다. 말을 정리하기 위해 입을 다물자 주위가 조용해졌다. 차분하다는 표현이 맞을지, 무미건조하다는 표현이 맞을지는 몰라도 미동조차 하지 않는 그를 보니 무대 위에서 밖에 앉아 있는 관객을 마주한 기분이었다. 홍갈색 눈동자만 느릿느릿하게 굴리던 그가 관객석을 넘어 무대에 올라왔다.

"물결, 그러니까 빛이 보여?"

"네? 네. 그래서 열려 있는 줄 알았어요."

"눈물을 맞은 적이 있구나. 그때겠지."

이번엔 아까보다 요란하게 그의 눈동자가 도르르 도르르 움직였다.

"너 청울고등학교 다니지?"

신비롭던 분위기가 반전되며 오소소 소름이 돋았다. 맞다. 내가 다니는 학교다. 근데 어떻게 안 거지? 교복이라도 입고 있다면 모를까. 어디서 만난 적이 있나, 곰곰이 기억을 더듬어봐도 떠오르는 게 없다. 눈에 띄게 잘생긴 얼굴부터 새하얀 머리카락, 보송한

토끼 귀까지. 개성 넘치는 그를 본 적이 있다면 오히려 잊어버리는 게 어려울 터였다.

"어떻게 알았어요?"

그가 옷을 툭툭 털며 자리에서 일어났다. 무서운 마음이 들자 그의 짙은 눈동자가 위협적으로 보였다. 생기가 꺼진 눈빛에는 묘한 이질감이 느껴졌다. 주마등 아닌 주마등이 머릿속을 스치며 간혹 드라마나 영화에서 보았던 잔혹한 장면들을 연신 그려냈다.

"비 내린 적 있지?"

일으켜 세워주려는 듯 그가 손을 내밀었지만, 경계심이 가득해져 맞잡기 꺼려졌다. 조심스레 뒷걸음을 치며 혼자 일어났다.

"비요?"

"너희 학교에만 비가 내린 날."

무슨 말을 하는 건가 싶었는데 문득 떠오르는 일이 있었다. 지난주였다. 다가오는 점심시간에 창문 밖 바로 옆 급식실 건물을 힐끗힐끗 쳐다보는데 맑은 하늘에서 비가 쏟아졌다. 그것도 엄청나게. 산처럼 큰 거인이 물을 쏟아부은 게 아닐까 싶을 만큼 큰 소리가 났다.

놀랍게도 자로 잰 것처럼 오로지 교실이 있는 건물에만 비가 내렸다. 급식실이나 운동장 바닥은 말짱했다. 하필이면 내 자리는 창가에 딱 붙어 있었던 데다 창문이 활짝 열려 있어서 교과서까지 엉망이 됐었다.

"네 수조도 여기 있어."

그의 목소리가 생각에 잠겨 있던 나를 현실로 돌아오게 했다. 내 대답을 듣기도 전에 그가 수조로 된 벽을 끼고 걸었다. 그의 걸음걸이에 맞춰 수조에서 뿜어나오는 푸른빛이 그를 따라 헤엄쳤다. 반짝이는 수조 안을 지그시 살피던 그가 어느 한 지점에 멈춰 유리 벽에 손을 대자, 기다렸다는 듯이 물고기 하나가 유유히 물살을 가르며 유리 벽에 닿은 그의 손바닥 위를 스쳐 지나쳤다. 내가 양팔을 쫙 벌려도 간신히 머리부터 꼬리까지 닿을 만큼 커다란 물고기였다.

"청울고등학교에 흘린 눈물을 회수해야 해. 네가 도와줬으면 좋겠어."

"네?"

"도와주면 나도 네 문제를 해결해 줄게."

하얀색 토끼 귀가 까딱 움직인다. 귀가 움직이자, 머리카락이 흔들린다. 와이셔츠를 매만지는 그의 손가락이 내가 잡아당겨 구겨진 옷깃을 반듯하게 폈다. 옷깃 위에 박힌 크고 작은 세 개의 물방울 자수를 쓸어내며 그가 이번에는 가슴 주머니 쪽으로 손을 옮겼다. 부스럭거리며 꺼내 든 것은 씨앗이었다.

"엄마가 데려온 사람이 싫은 거지?"

높은 곳에서 갑작스레 떨어지는 것처럼 가슴이 덜컥 내려앉았다. 백번 양보해서 고등학교를 맞춘 건 그렇다 치자. 근처 고등학교 하나를 찍었을 수도 있는 노릇이니까. 하지만 아저씨는 아니었다. 아저씨를 직접 만난 건 나도 오늘이 처음이었고, 당연히 그에 대한 솔직한 감상도 입에 담아본 적이 없다. 생판 모르는 남이 알 수 있는 사실이 아니었다. 알아서도 안 됐다.

"무슨 말 하는 거예요?"

"네 수조에서 봤어. 넌 그 사람이 싫은 거잖아. 정확히는 엄마랑 관계있다는 게 싫은 거고."

그는 의심의 가닥 하나 없이 말했다. 당연한 사실을 진술하는 것처럼, 수학 문제를 푸는 것처럼, 벌어진 사건을 기록하는 것처럼, 내 마음을 다 안다는 듯 떠들었다.

"지울 수 있어."

뭘 지운다는 걸까. 오늘 있었던 일을? 아저씨를? 아니면 내 마음을? 허무맹랑한 소리였다. 그렇게 생각하면서도 불편하고 미묘한 마음이 벌레를 태우는 전기 파리채처럼 치지직, 치지직 나를 괴롭혔다.

"뭐를요?"

"네 엄마와 오늘 봤던 사람의 기억에서 서로에 관한 생각 전부를 지울 수 있어. 그럼 네 걱정도 사라지잖아."

그런 게 가능할 리 없는데도 길 잃은 마음이 내 발과 귀를 자꾸만 붙잡았다. 뿌리쳐야 했다.

"저, 죄송한데 이만 가봐야 할 것 같아요."

빨리 입장료를 내고 떠나고 싶었다. 그가 정말 이곳에서 일하는 사람인지도 의심스러웠지만, 뭐가 됐든 달궈진 석쇠만큼이나 뜨거운 말들을 더는 손에 쥐고 있을 수 없었다.

"강요는 아니야."

그가 씨앗을 다시 와이셔츠 주머니에 넣으며 한쪽 문을 가리켰다. 출구를 알려준 것 같았지만, 그 문조차 의심스러운 나는 그가 가리킨 방향 대신 들어왔던 쪽으로 서둘러 돌아갔다.

끼이익-.

철제 의자를 억지로 끌어당긴 탓에 방 안 가득 쇳소리가 울렸다. 눈살이 찌푸려질 정도로 듣기 싫은 소리였다. 그러거나 말거나 무토는 의자를 낡은 책상 쪽으로 끌고 갔다. 양손으로 의자를 들어 옮긴다면 이렇게 요란스럽진 않았을 테지만, 안타깝게도 그의 나머지 한 손에는 여러 물건이 들려 있어 방법이 없었다. 책상 앞에 다다라서야 의자의 비명이 멈췄다. 한쪽 팔에 품고 있던 물건들을 책상 위에 올려놓으며 무토가 의자에 앉았다. 책상에는 총 네 가지 물건이 가지런히 줄을 섰다.

수첩, 펜, 미니 스탠드, 거울.

무토는 제일 먼저 미니 스탠드의 전원 버튼으로 손을 뻗었다. 머리가 동그란 조명에서 쏟아지는 오렌지색 빛이 그림자를 밀어내며 책상 위에 조명처럼 동그란 원을 만들었다. 무토가 원 위에 올려놓은 검은 수첩 표지에는 그의 이름이 하얀 글씨로 또박또박 적혀 있었다. 수첩을 열고 그가 손가락을 움직이자 사각사각 펜이 재잘거리기 시작했다.

[기록]

1. 눈물 그릇 동기화 실패.

작업 중 간섭으로 인해 토끼 귀 노출. 외관 외 치명적인 기능 오류 없음. 팔다리를 비롯한 관절부 정상 작동, 미세 근육 조정에도 이상 없음. 오감 판별 모두 이상 없음.

2. 귀 노출을 목격한 객체의 처리 방안은?

저위험군으로 판단하여, '당근 처형', '달코미 우울증' 등 즉각적이지만 위험성이 따르는 처리 방안보다는 안정성이 높은 '망각의 씨앗'이 합리적. 최대한 빠르게 처리….

펜을 멈춘 무토가 의자를 돌려 커다란 수조 하나를 바라보았다. 상어 한두 마리는 거뜬히 들어갈 정도로 넓은 수조는 다른 것과 달리 텅 빈 채였다. 무토가 유출한 눈물 탱크와 동일한 크기의 수조였다.

"청울고등학교."

특별히 목적지를 정하고 눈물을 유출한 건 아니었다. 그렇기에 전혀 예상치 못한 곳에 눈물이 떨어져도 이상할 건 없었다.

'바보처럼 울지 말자, 약해 보일 뿐이야. 멍청하게 굴지 말자.'

그런데 무의식이 곁들어졌던 모양이다. 창백해지도록 입술을 깨문 채 눈물을 삼켜내던 소녀. 눈물의 가치에 대해 의구심을 품을 때면 떠오르던 그 소녀가 눈물 탱크의 밸브를 여는 순간에도 얼핏 떠올랐으리라.

때때로 눈물 탱크가 미미하게 출렁인다는 걸 처음 깨달았던 날, 무토 내면에도 파문이 일었다. 흘러야 할 눈물이 흐르지 않았다. 도저히 지나칠 수 없어 탱크를 거부한 수조를 확인했다. 이미 한계까지 차오른 슬픔에도 눈물 한 방울 흘리지 않고 꾸역꾸역 되삼키는 소녀가 보였다.

초등학교에 다니는 소녀는 여느 아이들과 달리 혼자 동떨어져 있었다. 아이들은 소녀에게 거리를 두면서도, 눈짓을 나누며 소녀를 조롱했다. 소녀의 슬픔이 짙어질수록 눈물 수조는 더욱 크게 출렁였으나, 소녀는 고개를 푹 숙인 채 숨을 죽일 뿐이었다.

전해오던 슬픔은 지금도 또렷하게 떠오를 정도로 무토에겐 충격이었다. 한유리. 그때 봤던 소녀는 예전과 비교하면 많이 자랐으나, 여전히 눈물을 삼키고 있었다.

수첩에 적힌 *최대한 빠르게 처리* 글자 위로 선 두 줄을 가로로 그어낸 무토가 그 옆에 새로운 메모를 달았다.

눈물 회수 완료 후 처리.

2.

전학생

"야, 한유리!"

덜컹 흔들리는 책상에 화들짝 놀라 소리를 지를 뻔했다. 책상을 내려친 팔을 따라 시선을 들자 '윤미래'라고 적힌 교복 명찰이 눈에 들어왔다. 다소 거친 행동 탓에 깔끔하게 자른 단발머리 끝이 그녀의 어깨 위에서 살짝 흔들렸다. 턱선에 닿을 듯한 짧은 머리가 얼굴을 시원하게 드러낸, 당당한 인상의 미래는 고등학교에서 사귄 단짝 친구였다.

잔뜩 구부러져 성을 내는 눈썹을 한 미래가 나를 노려봤다. 몇 차례나 불렀던 모양이다. 밤새 잠을 설쳐 종례가 끝났는지도 모르고 졸고 있었다.

"종일 정신을 못 차리네. 무슨 일 있어?"

마음 같아서는 잠을 설친 이유를 다 털어놓고 싶었다. 엄마가 웬 아저씨를 남자 친구라고 데려와서 불편한 마음으로 피자를 먹었다고. 불편하지만 티 내지 않으려고 애썼다고. 그러는 와중에 우리 학교 교복을 입은 애가 들어와 식은땀을 흘렸다고.

하지만 우리 집 사정을 모르는 건 미래도 마찬가지였다. 아무리 단짝이라지만 모든 걸 속 시원하게 털어놓을 정도로 나는 용감하지 못했다. 나를 바라보는 시선에 괜한 선입견이 끼지 않길 바랐다. 물론 미래가 그런 애가 아니라는 걸 알지만. 그래도 학교에선 작은 틈새도 만들기 싫었다.

"일은 무슨…. 아무 일도 없어."

"분명 뭔가 있는데."

미래가 범인을 심문하는 형사로 빙의해서 나를 이리저리 훑어봤다. 굴하지 않고 묵비권을 행사하며 어색한 웃음으로 일관하자 포기했다는 듯 이내 한숨을 푹 내쉬고 옆자리에 앉았다. 진실보다는 애써 상황을 넘기려는 친구를 이해해 주기로 한 모양이다.

"동아리 단톡방 봤어? 다들 난리던데."

"왜?"

"오늘 3반에 전학 온 애 있잖아. 걔."

전학 온 애. 오늘따라 쉬는 시간에 어수선했던 이유도 전학생 때문인게 분명했다. 설마 했는데 하필 동갑이라니. 어제 피자집에서 봤던 게 떠올라 등골이 서늘했다.

"예쁘다고 벌써 소문 다 났어. 나도 쉬는 시간에 가서 봤는데, 진짜 예쁘긴 예쁘더라. 근데, 첫날이라 그런가? 완전히 얼어 있던데."

"오, 그래?"

미래의 말에 호응하면서도 같은 반이 아니라는 사실에 조금은 안도하는 찰나였다.

"걔 우리 동아리 들어온대."

"뭐?"

깜짝 놀라 목소리가 높아진 탓에 미래도 눈을 동그랗게 뜨고 나를 쳐다봤다. 당황한 마음을 뒤늦게 수습하며 다시 조심스럽게 입을 열었다.

"우리 동아리 들어오려면 면접 봐야 하잖아."

"부장 언니랑 아는 사이래. 전 학교에서도 연극 동아리 했다던데? 연기 엄청 잘한대."

피자집에서 다 들었을까? 알아보면 어쩌지? 아냐, 그래도 별 얘기 안 했으니까. 그냥 친척이라고 생각할 수도 있잖아.

혹시라도 소문이 날까 싶어 숨이 턱 막혔다.

"뭐야, 너…."

미래가 다시금 눈을 게슴츠레하게 뜨며 나를 천천히 훑었다. 얇은 낙엽에 몸을 숨긴 생쥐가 된 심정이었다. 너무 큰 심장 소리가 미래에게 들릴까 봐, 심장에게 진정하라고 무릎이라도 꿇고 싶은 심정이었다.

"견제하는구나? 1학년 주연 자리 뺏길까 봐?"

장난기를 가득 머금고 음흉하게 미소 짓는 미래의 모습에 꽉 조여오던 가슴이 조금은 느슨하게 풀어졌다.

"어, 그치. 긴장되지."

"야, 너도 자신감 좀 가져. 선배들이 너 엄청나게 좋아하잖아."

"응."

"얼른 동아리방 가자. 전학생 봐야지. 지피지기 백전백승!"

천근만근 무겁게 느껴지는 가방을 메고 억지로 미래를 따라 동아리방으로 향했다. 맞다, 긴장해 봐야 아무 소용도 없다. 스치듯 눈이 마주친 게 전부였으니, 그 애는 내가 옆 테이블에 앉았다는 사실도 모를 수 있다. 알아봐도 아무것도 모른다는 얼굴로 잡아떼면 그만이다. 그 정도 연기는 우습잖아. 자신감을 갖자.

༺༻

내 자신감은 뭐랄까. 그래, 성이었다. 정성을 가득 들여 아주 세

심하고 정교하게 만들어 놓은 성. 문제는 모래성이라는 거지. 파도 한 번에 쓸려 내려가 형체도 알아볼 수 없게 뭉개져 버렸다.

"너 그 말 믿어?"

강당이라는 방파제에 독백 연기가 거세게 들이쳤다. 침을 삼키기조차 부담스러울 만큼 고요한 세상에서 자유롭게 입술을 움직일 수 있는 건 들이쉰 숨을 떨림으로 뱉어내는 전학생뿐이었다.

"말해봐, 걔네가 한 말 너도 믿냐고. 너도 내가 그랬다고 생각하냐고."

일그러진 얼굴은 화가 나 보였지만, 떨림을 숨기지 못하는 주먹은 슬픔에 젖어 억울해 보였다.

"넌 그러면 안 되지. 다른 사람이 다 그래도, 넌!"

대사가 멈춘다. 숨을 죽인다. 침을 삼킨다. 감정을 누르며 살짝 숙이는 고개와 함께 눈물 한 방울이 뚝.

"넌 그러면 안 되잖아…."

고개가 들린다. 원망 섞인 눈동자가 들이닥치는 것도 잠시 그녀가 몸을 돌리며 퇴장했다.

"장난 아니네. 쟤 진짜 운 거야?"

머리를 한 대 얻어맞은 표정으로 미래가 허탈한 숨을 뱉었다. 동감이다. 머리가 어질어질할 정도였다. 다른 친구들도 거의 비슷한 얼굴로 입을 모아 '우리 어떡해'라며 탄성을 뱉었다. 첫 번째 순서부터 저런 연기를 보여주면 뒷사람은 정말 어떡하라고.

"자, 다음 1학년."

불안 섞인 얼굴들을 달래듯 동아리 부장인 혜은 언니가 밝은 목소리로 다음 차례를 호명했다. 오늘은 1분씩 독백 연기를 해보는 날이다. 부원마다 어떤 상황을 연기할지 지난주에 정해 오늘까지 연습해 오기로 했다. 부장 언니가 설정한 상황은 두 가지였다.

첫 번째는 방금 전학생이 연기한 친구에게 의심을 받는 상황이고, 두 번째는 부모님과 다투는 상황이다. 내가 맡은 건 후자였다.

대사를 떠올리며 차례를 기다렸다.

"잘했어, 다음. 이번에는… 유리 차례네."

혜은 언니가 나를 보고 싱긋 웃어줬다. 일종의 믿고 있다는 신호였다. 그래, 앞에서 잘하고 말고가 뭐가 중요할까. 내가 준비한 것들만 보여주면 그만이지.

"왜요? 또 왜 불렀어요?"

여러 차례 반복하고 중얼거린 덕에 입술을 열자마자 대사가 자동 응답기를 누른 것처럼 나왔다.

"왜 매번 이렇게 간섭하는 거예요? 내가 뭐 잘못한 거라도 있어요?"

눈 감고도 대본이 보일 정도로 달달 외웠다. 대사만이 아니라 지문까지 선명하다. 정확히 지금, 팔짱을 낄 타이밍이다.

"제발, 귀찮으니까 묻지 말라고요."

실제로는 없지만, 상대 배역이 대사를 치른다고 가정하고 마음속으로 숫자를 센다. 1초, 그리고 2초. 이제 한숨을 깊게 내뱉는다.

"진짜 이해가 안 돼요. 왜 항상 나한테 이래요?"

감정을 터트릴 차례다. 배에 힘을 넣고, 인상을 잔뜩 쓰며 짜증 가득하게 소리치면 된다.

"제발, 내버려두세요. 귀찮게 하지 말고, 그냥 좀 내버려두라고요!"

완벽했다. 대본 그대로 실수 없이 끝냈다. 무대 아래에 있는 미래도 엄지를 치켜세운다. 문제는⋯.

"음."

혜은 언니의 표정이 별로 좋지 않다. 분명 웃고 있긴 한데 억지로 미소를 짓고 있었다. 피자 가게에서 엄마처럼.

왜? 실수한 것도 없는데? 대본에 쓰여 있는 데로 잘했는데, 왜?

"수고했어, 유리야."

평소 같은 칭찬이 아니었다. 퀴퀴한 무언가가 마음 어딘가에 단단히 걸려 있는 마지못한 격려였다.

연기에 관심을 갖게 된 건 혜은 언니의 영향이다. 고등학교 입학 후 얼마 지나지 않아 학교 게시판에는 연극 동아리 모집 공고가 붙었고, 중학교에는 없던 동아리여서 호기심에 참관했다. 처음

본 혜은 언니의 연기는 무척이나 멋졌다. 그 모습이 나를 동아리 면접에까지 이끌었다. 면접이 모두 끝나고 돌아가는 길에 복도에서 마주친 혜은 언니는 내게 신입생 중 연기를 가장 잘 한다고 말해주었다. 그 뒤로 나는 혜은 언니의 칭찬 듣는 게 좋아서 대본을 더 열심히 살피고 토씨 하나 틀리지 않으려고 노력했다. 오늘은 특히나 더 꼼꼼하게 외웠는데 뭐가 문제였지? 궁금한데 물어볼 용기가 안 났다. 혹시 전학생 때문일까? 진짜 잘하는 애를 옆에 두고 보면 내 연기는 생각보다 보잘것없는 게 아닐까 걱정됐다.

"다들 연습하느라 고생했어."

여태까지는 연기를 준비한 1학년이 모두 무대에서 내려오면 2학년 선배들이 한 명, 한 명 좋았던 부분과 아쉬웠던 부분에 대해서 피드백을 해주는 시간을 가졌다. 원래라면 이때 혜은 언니의 솔직한 의견을 들을 수 있었을 터였다. 하지만 오늘은 달랐다.

"말했던 대로 다음 주에는 2인극 해볼 거야. 전에 알려준 짝 기억하지? 오늘 독백 연기 피드백도 짝이랑 꼭 이야기해서 정리해 줘야 해. 서로 피드백해 주는 것도 연습이니까."

손에 든 작은 주황색 수첩을 이리저리 넘기며 전달 사항을 확인하던 혜은 언니가 돌연 수첩에서 고개를 들어 나와 눈을 마주쳤다.

"아, 그리고 이번에 들어온 초롬이 짝은 유리가 맡아줄래?"

독백 연기를 시작하기 직전에 동아리원들이 모인 자리에서 혜은 언니는 전학생의 이름을 '서초롬'이라고 소개해 줬다.

"저요?"

"응. 둘이 잘 어울릴 거 같아서. 유리는 동아리 관련해서도 많이 알려줄 수 있고."

아까 연기를 시작하기 전에 그랬던 것처럼 이번에도 혜은 언니는 내게 부드럽게 눈웃음을 지었다. 나를 신뢰한다는 신호가 분명했다. 아까 본 혜은 언니의 평소와 다른 미묘한 표정도 어쩌면 단순히 내 기분 탓일지 몰랐다.

"그럼 저는요?"

손을 번쩍 들고 대화에 끼어든 목소리의 주인은 나와 같은 1학년 박민우였다. 점심시간마다 축구하러 운동장에 나가는 애치고는 밝은 피부에 짙은 눈썹이 눈에 띄는 친구였다. 그의 와이셔츠 단추 중 맞물려 있는 건 단 하나도 없어 안에 입은 반소매 이너티가 그대로 드러났다. 교복을 입고 있으면서도 자유로운 인상이 강했다.

"원래 유리 짝이 민우였지? 민우 짝은 이번에 미래가 도와주면 좋겠는데."

내 옆에서 느긋하게 하품하고 있던 미래가 화들짝 놀라며 양손을 내저었다.

2. 전학생

"저는 연출이랑 극본만 해서요. 연기는 좀…."

민우가 장난기 잔뜩 밴 목소리로 빠르게 맞장구를 쳤다.

"맞아요. 얘는 글만 쓰는데 뭘 알겠어요."

삽시간에 미간 가운데 주름이 잡힌 미래가 이를 악물며 되받아쳤다.

"너보단 많이 알거든?"

손맛을 느낀 낚시꾼이 저런 표정을 지을까? 입에 걸린 즐거움을 애써 눌러가며 민우가 이어서 도발했다.

"뭘 알아. 무대에 서본 적도 없으면서. 맨날 글만 끄적이지."

막 건져 올린 참치보다 역동적으로 미래가 발을 굴렀다.

"너야말로 대사 칠 때 집중 안 되게 동선 엄청 왔다 갔다 하잖아, 정신 사납게."

티격태격하는 둘에게 "그럼 부탁해."라고 말하며 혜은 언니가 은근슬쩍 넘어갔다. 대답할 타이밍을 놓친 미래가 낭패스러운 표정을 지었다. 반대로 세상 행복하게 낄낄대던 민우는 결국 미래의 주먹에 오른쪽 팔뚝을 내어주어야 했다.

"오늘은 끝이야. 남아서 연습할 사람은 자유롭게 연습해. 꼭 오늘 아니어도 연습하고 싶으면 오고. 당분간 강당 문 안 잠겨 있을 거야. 선생님께서 허락해 주셨어. 1학년들 수학여행 준비해야 된다고 말해놨거든."

내일 대학교 캠퍼스 투어 일정이 있다는 2학년 선배들은 투덜거리면서도 조금 들떠 보였다. 순식간에 가방을 둘러매고 발걸음을 서두르는 게 증거였다. 목동을 잃은 양의 신세가 된 1학년들은 새 이정표를 찾듯 전학생에게로 모여들었다.

"어디 살다 온 거야?"

"어느 학교 다녔어?"

"거기서도 연극 동아리 했다며?"

"연기 잘하더라."

전학생에게 물어볼 만한 질문이라곤 비슷했다. 아무래도 정보가 없으니까. 의례적인 질문들이라도 말꼬를 트기엔 충분했다. 아니, 충분하다고 생각했다.

"여기랑 비슷한 곳." "여기랑 비슷한 학교." "어."

하지만 전학생의 차갑고도 간결한 답변에 입을 열 때마다 분위기도 점차 얼어붙었다. 마지막 말은 가히 충격이었다.

"너넨 별로였어."

민우와 미래의 대화랑은 달랐다. 장난을 전제로 한 티격태격이 아니었다. 연기 잘한다는 칭찬에 돌아온 것은 비난이었다. 방금까지와는 비교도 되지 않을 만큼 주위가 싸늘해졌다. 미래가 절레절레 고개를 흔들며 속삭였다.

"얼어 있던 게 아니라 재수가 없던 거였네. 왠지 쉬는 시간마다 쟤네 반 분위기가 이상하더라."

어제 피자집에서 본 모습과는 너무 달랐다. 아빠에게 밝은 목소리로 새로운 학교가 기대된다고 말하던 화목한 분위기 속 주인공은 어디로 간 것인가.

"뭐가 별로였는데?"

주머니에 양손을 꽂아놓은 채 민우가 전학생에게 물었다. 애써 가벼운 목소리로 물었지만 화가 난 기색이 감추어지진 않았다.

"전부."

시선을 똑바로 마주하며 전학생이 이번에도 짧게 답했다. 대화를 이어갈 의지를 잃은 친구들이 둘씩 짝을 지어 강당을 떠났다. 마음 같아선 나 역시 친구들을 따라가고 싶었으나, 그럴 수 없었다.

첫째, 좋으나 싫으나 다음 주 짝은 전학생이다. 혜은 언니가 부탁까지 했는데 이대로 물러날 순 없었다.

둘째, 어제 피자 가게에 있던 나를 기억하지 못한다는 걸 확인하고 싶었다.

"잠깐만."

전학생에게 할 말이 있다는 눈짓을 보내고, 같이 가자는 미래에게 양해를 구해 먼저 가라고 말했다. 찝찝한 얼굴을 하면서도 미래가 고개를 끄덕여 줬다. 영화 속 악당을 마주하는 기분으로 강당에 남은 전학생에게 다가갔다.

"너, 부장 언니랑 친하지?"

놀랍게도 먼저 말을 꺼낸 건 내가 아니라 전학생 쪽이었다.

"언니가 사진으로 보여준 적 있어. 신입생 중에 가장 좋아하는 동생이라고."

사진으로 봤었다는 말에 가슴이 철렁 내려앉았다. 피자 가게에서 나를 알아봤을 가능성이 활짝 열려버렸다. 그냥 친구들이나 따라갈걸. 아니야, 어차피 한 번은 이야기했어야 한다. 차분히 대처하자. 호랑이에게 물려도 정신만 차리면 된다. 어제 봤다고 말해도 딱 잘라 시치미를 떼버리면 그만이다.

"네가 제일 실망스러웠어."

"어?"

"독백 연기. 기대했는데 실망했다고."

수학 공식을 달달 외운 후 시험지를 펼쳐 들었는데, 영어 지문들로 빼곡한 문제들을 만난 심정이었다. 예상과는 완전히 동떨어진 말들이 이어져 정신을 차리기가 어려웠다.

"피드백은 이거면 됐지?"

멀어져 가는 전학생의 뒤통수를 멍하니 바라보며 혼자 덩그러니 강당에 남겨졌다.

3.
소문

부족한 부분이 있다면 메꾸면 된다. 반복하고, 또 반복하면 채워지겠지. 쓸데없는 생각에 잠겨 있을 바에는 다른 배역에 몰입해 있는 편이 나았다. 단톡방에 올라와 있는 2인극 대본을 눈으로 훑으며 대사가 입에 익도록 달달 외웠다. 강당에 혼자 있는 게 오히려 집중돼서 좋았다. 몇 번이고 큰 소리로 대사를 뱉어도 눈치 볼 사람 없으니까.

"목 아파."

중간중간 적당히 하고 집에 갈까 하는 고민이 들 때마다 전학생의 말이 귀에 맴돌았다.

기대했는데 실망했다고? 자기가 뭐라도 돼? 뭔데 나한테 실망해? 누가 기대해 달래?

뭔가 억울하고, 화나고, 슬프고, 짜증 나는데 풀 데가 없었다. 남겨진 감정들이 어디로도 떠나지 못하고 마음에 찐득하게 눌어붙었다. 생각할수록 분했다. 분노는 기관차에 쏟아부은 석탄만큼이나 좋은 원동력이 되어주었다.

"다 외웠다."

보통 대본을 받으면 일주일 동안 반복해서 천천히 외우곤 했다. 이렇게 한 자리에서 다 외운 건 처음이었다. 철저히 연습해서 다음 주에는 꼭 콧대를 눌러주리라.

"이때도 울겠지?"

한 가지 마음에 걸리는 부분이 있다면, 이번 과제인 2인극도 감정이 극에 달해 있는 장면이라는 점이다. 아무리 대본을 완벽하게 외워도 전학생이 오늘처럼 눈물까지 흘린다면 이길 수 있을까? 오늘이랑 비슷하겠지. 전학생의 연기는 아직도 눈에 선할 정도로 강렬했다. 나도 할 수 있을까? 눈을 꼭 감았다 떠본다. 눈에 힘을 줘본다. 될 리가 없지.

"하."

정말 한숨만 나왔다. 슬픈 생각을 해보기로 했다. 언제가 좋지? 최근에 있나? 피자집에서 아저씨를 만났을 때. 음, 슬프기보다는 불편했다. 다음. 혜은 언니가 내 연기를 보고 실망한 표정을 지었을 때? 언니가 실망했다는 건 내 착각일 수도 있었다. 실망, 실망하니까 또 전학생 떠올랐다. 슬프기보다는 자꾸 짜증이 몰려왔다.

"아빠."

입에 담자마자 기분이 착 가라앉는다. 관두자. 어쩌면 눈물을 쏟을 수 있을지 몰라도 아빠를 이용하는 기분이 들어서 내키지 않았다.

늦은 시간을 가리키는 스마트폰은 주머니로, 착잡한 심정은 대본과 함께 가방 안으로 밀어 넣으며 집에 갈 준비를 했다. 그때였다. 찰팍, 물 쏟아지는 소리가 났다.

"누구 있어?"

두리번거리며 소리쳐도 대답이라곤 메아리가 되어 얕게 돌아오는 내 목소리뿐이었다. 쥐 죽은 듯 아무 소리도 들리지 않았다. 연습을 너무 오래 했나? 시간이 늦어져서 그런가? 바람이 등을 스쳐 지나가 신경이 곤두섰다.

찰팍.

발걸음을 옮기는데 소리가 이상했다. 나무 바닥에서 찰팍, 찰팍 물 밟는 소리가 났다. 분명 좀 전까지 멀쩡했던 바닥이 누군가 물을 뿌려놓기라도 한 것처럼 흥건했다. 물웅덩이를 밟은 탓에 신발 밑이 축축했다.

"아, 뭐야. 장난치지 마."

조용하다. 숨을 멈추고 고개를 더 빠르게 돌려본다. 역시 아무 것도 보이지 않는다. 대신 어디선가 사각사각하는 소리가 들렸다. 양손에 천을 맞잡고 거칠게 문지르는 소리였다. 강당에 그런 소리가 날 만한 물건이라곤 무대 양옆에 달린 커튼뿐이었다. 뒤에 누가 서 있기라도 한 것처럼 오른쪽 커튼이 볼록하게 튀어나와 있었다. 저기 숨어 있구나. 커튼을 향해 천천히 걸어갔다.

근데 어떻게 몰래 숨었지? 강당 뒤에 출입구가 있던가?

"야! 장난치지 말라니까."

불그스름한 커튼을 부여잡고 휙 끌어당겼다. 뒤에는 아무도 없었다.

"뭐야…."

다시 돌아서려는데 커튼 바닥 쪽 흔적을 발견하곤 아찔해졌다. 물로 찍힌 발자국이 가득했다. 신발을 신지 않은 맨발바닥 자국. 이상한 기분이 들어서 출입구로 달렸다. 찰팍, 찰팍. 이어지는 물소리가 불규칙했다. 이게 내 발소린지 누가 쫓아오는 건지 헷갈려서 겁에 질려 뒤도 돌아보지 못했다.

끝까지 돌아보지 말걸.

손잡이를 쥐고 돌리다가 찝찝함을 이기지 못하고 고개를 돌렸다. 커튼이 있는 자리. 거기에 누가 서 있었다. 그리고, 나를 향해 움직이기 시작했다. '걸어온다'라고 하지 않는 건 그렇게 표현할 수 없는 기괴한 동작 때문이었다. 그것은 손과 발의 구분 없이 땅을 박차며 몸을 휘었다. 입을 쩍 벌리곤 작지 않은 소리로 중얼대기까지 했다.

"말해, 말해, 말해."

뒤는 제대로 기억도 안 난다. 살면서 그렇게 빨리 뛰어본 적이 없었다. 요란하게 울리는 물 튀기는 소리는 학교 건물을 벗어나서야 잦아들었다. 다리에 힘이 풀려 운동장에 멈춰 선 순간 건물에서 누군가 걸어 나왔다. 가쁘게 숨을 고르다 말고 깜짝 놀라 허둥대는데 괴물이 아니라 야간자율학습을 마친 학생들이라는 걸 깨닫곤 긴장이 풀어져 털썩 주저앉았다. 학생들이 이상한 눈으로 쳐다보며 지나가도 한동안 그 자리에서 꼼짝도 할 수 없었다.

비슷한 시각, 무토도 학교에 숨어 바삐 몸을 움직였다. 한 마리, 두 마리에서 시작해서 금세 열 마리, 스무 마리. 물고기의 모습을 한 눈물들이 차곡차곡 무토의 손에 잡혀 들어갔다. 무토가 유출한 눈물은 주인이 없는 눈물들이었고, 주인이 없는 눈물들은 순수한 상태여서 수거하기 수월했다.

문제는 주변 감정에 녹아들기 시작한 것들이었다. 주인 없는 눈물은 기쁨, 슬픔, 분노 등 근처 다른 사람에게 쉽게 영향을 받아 그 사람의 감정에 동화한다. 감정이 강하면 강할수록 눈물은 더욱 빠르게 성장하며, 숨어들기도 더 잘 숨어든다. 아무리 잘 숨는다고 해도 눈물토끼의 눈을 피하는 건 어렵겠으나, 눈물 그릇이 정상적으로 작동하지 않아 운신이 힘들다면 이야기가 달랐다. 눈물 그릇이 깨진 무토는 꽤 큰 곤욕을 치르고 있었다.

그러던 와중, 무토는 멀리서 눈물에게 쫓기는 유리를 발견했다. 목적을 가지고 움직이는 것으로 보아 누군가의 감정에 영향을 받은 게 분명했다. 빠르게 발을 놀렸으나, 다른 사람의 시선을 피하며 움직인 탓에 무토가 다다랐을 때 눈물은 모습을 감춘 지 오래였다.

좀 더 손쉽게 학교 안을 돌아다닐 방법에 대해 고민하던 무토는 이내 야자가 끝나 하교하는 학생들을 빤히 바라보다 수족관으로 발길을 옮겼다.

⦿⦿⦿

잠에 들 때도, 일어나서도, 수업 시간에도, 쉬는 시간에도 나는 온통 잡생각에 빠져 있었다. 차분히 따져보자. 어제 본 건 뭐지?

괴물? 굳이 따지자면 귀신에 가깝나. 자정이 되면 동상이 움직인다느니, 턱을 괸 두 팔로 바닥을 기어다니는 학생이 있다느니 하는 괴담이야 원래부터 있었고, 학교에서 귀신 봤다는 사람 한둘쯤은 어디에나 있겠지만 요새 들어, 특히나 학교에선 이상한 목격담이 돌고 있었다.

특이했던 건 증언하는 학생들 대부분이 무척이나 구체적으로 자기가 경험한 일을 설명했다. 귀신 모습이나 상황이 어느 정도 일치하다는 점도 그렇고, 무엇보다 귀신을 봤다는 애들 표정이 거짓말을 하고 있다기엔 너무도 진지했다. 물론 그래봤자 어두워서 잘못 본 거겠지 싶은 정도였다. 어제까진 그랬다.

"미래야."

"응?"

점심시간. 한 손에 매점에서 산 빵을 든 채 열심히 입을 오물거리는 미래에게 조심스럽게 물었다.

"요새 귀신 봤다는 애들 있잖아."

"아, 찬혁이랑 수진이? 난 걔네 둘이 늦게까지 같이 있었다는 게 더 수상해."

미래가 목소리를 낮추고 소곤소곤 이야기하는데, 교실 뒷문이 드르륵 열리며 누군가 나와 미래를 불렀다.

"야. 오늘 학교 끝나면 연습하러 가자."

민우였다. 혹시나 찬혁이나 수진이었을까 봐 놀랐던 미래가 안도의 숨을 내쉬었다. 퉁명스러운 목소리로 미래가 민우를 보며 말했다.

"언제부터 그렇게 열심히 했다고."

"나 말고 너 때문에 그렇지."

자신을 챙기는 게 의외였던 미래가 민우를 흘겨보며 꿍꿍이를 가늠했다.

"날 왜 신경 써?"

"너 개판일 게 뻔하잖아. 상대가 실력 달리면 나도 몰입하기 어렵다고."

훈훈한 표정과 그렇지 못한 대화. 미래와 민우는 금세 또 티격태격했다. 친구가 아니라 원수라고 해도 이상하지 않은 대화 사이를 비집고 민우에게 질문을 던졌다.

"너네 반에도 귀신 봤다는 애 있어?"

질 나쁜 농담이라도 들은 것처럼 시큰둥한 얼굴이 된 민우가 나와 미래를 번갈아 보고 대답했다.

"그걸 믿어? 세상에 귀신이 어딨냐. 있었으면 벌써 누가 사진이라도 찍었겠지. 그거 주영이가 퍼트린 소문이야. 걔 원래 뻥 잘쳐."

"걔 언제 봤다는데?"

내가 핀잔에도 굴하지 않자 진지함에 살짝 놀랐는지 민우가 신중한 얼굴로 기억을 더듬었다.

"그때 있잖아, 그… 저번 주에. 그 언제더라."

고뇌의 폭풍에서 마침내 벼락이 떨어진 것처럼 민우가 손가락을 튕기며 자신 있게 말했다.

"갑자기 비 엄청 쏟아진 날. 그날 저녁에 봤대."

비가 온 게 귀신이랑 관련이 있을까? 고개를 돌려 바라본 시계는 점심시간의 끝을 고하기 위해 열심히 돌아가고 있었다.

지난주 비가 온 날도 점심시간이었는데.

시계 옆으로 보이는 얇은 커튼이 창문 틈새로 들어온 바람에 나풀댔다. 창밖의 하늘은 화창해서 비가 올 낌새가 전혀 없었다. 천천히 떨군 시선이 축구 하는 학생들로 가득한 운동장에 머물다 교실로 돌아오려는 참이었다. 순간 눈이 마주쳤다.

"어?"

교문 바로 바깥쪽 길목, 파릇파릇한 잎사귀들 사이. 완연한 5월에 들어서 가벼워진 옷차림 사이에서 길고 검은 바지와 검은 재킷을 입은 남자는 동그란 챙에 위가 길쭉한 검은색 모자를 쓰고 있었다. 재킷과 대비되는 하얀 와이셔츠와 모자 아래로 보이는 하얀 머리카락, 그리고 하얀 피부. 멀리 떨어져 있는데도 정확히 나를 바라보고 있는 홍갈색 눈동자에 기분이 이상했다.

'찾아와. 네 문제를 도와줄게.'

너무 멀리 떨어져 있어 입 모양도 보기 어려웠다. 그런데도 마치 바로 옆에서 듣기라도 한 것처럼 선명하게 그의 말이 들렸다.

"뭘 그렇게 봐?"

"저기…."

아주 잠깐 미래를 돌아봤다 다시 창문 밖을 내다봤다. 아주 잠깐이었는데, 검은 옷을 입은 남자는 보이지 않았다.

"어디?"

"어…. 아니야, 잘못 봤나 봐."

귀신만큼이나 이상했던 사람. 처음 봤으면서도 내가 어떤 학교에 다니고, 어떤 고민을 하는지 단번에 맞혔던 사람. 분명 수족관에서 만났던 남자였다.

⁓⁓⁓

옛날에 여우나 도깨비에게 홀린 사람들도 딱 이런 기분이었을까? 연기 연습을 하자는 미래와 민우를 뒤로하고 방과 후에 수족관으로 향했다. 이번에도 살짝 열려 있는 문틈 사이로 푸른빛이 꼬리를 흔들며 또다시 나를 유혹했다. 여닫이문에 손을 대자 저번과 다르게 미끄러지듯 문이 열렸다. 창문 하나 없어 내부에 짙게 내려앉은 어둠을 푸른 물결들이 춤추며 밀어냈다. 벽을 밝히는 물결들의 환영 인사를 따라 해저 터널과도 같은 복도에 발을 들였다.

"기다렸어."

챙이 크고 길쭉한 모자는 마술사들이 즐겨 쓸 법한 모양이었다. 넓은 챙 밑으로 보이는 홍갈색 눈동자는 느릿하게 움직였다.

"저를요?"

"응."

눈동자만큼이나 느릿하게 그가 몸을 돌려 안쪽으로 이어지는 복도를 따라 걸어갔다. 뚜벅, 뚜벅 울리는 발소리가 조용한 공간을 채웠고, 내 발소리가 반 박자 느리게 그 뒤를 따랐다.

"정체가 뭐예요?"

"무토."

걸음을 멈추지 않은 채 그가 담백하게 대답했다.

"내 이름이야. 무토."

정체를 물어봤는데 이름을 알려주는 건 뭐람. 그래도 들었으니 내 소개도 똑같이 하는 게 예의라고 생각됐다.

"저는….."

"한유리. 청울고등학교에 다니고, 눈물과 접촉한 적이 있지."

그를 뒤따르던 발걸음이 우뚝 멈췄다. 다니는 학교 다음으로 이름까지. 기분이 싸해서 따라가는 게 거북했다. 내 발소리가 사라진 탓에 그도 발을 멈추고 뒤를 돌아봤다.

"어떻게 알아요? 제 이름."

"눈물 수조로 봤어."

그러니까 그게 뭐냐고.

움직이지 않고 가만히 그를 노려보자, 그가 길쭉한 모자의 챙을 잡고 조심스레 모자를 벗었다. 흔들리는 머리카락 사이로 모자 속에 숨어 있던 토끼 귀가 모습을 보였다. 까딱까딱 움직이는 귀는 아무리 봐도 진짜 같았다.

"난 눈물토끼야. 새로 만들어진 눈물이 주인을 찾기 전까지 보관되는 탱크를 관리하고 있어."

수조에 살포시 붙은 먼지를 소매로 닦으며 그가 말을 이었다.

"지금은 임의로 눈물을 유출한 탓에 지상에 떨어진 상태고. 눈물 그릇이 완성되기 전에 네가 수조에서 끄집어내는 바람에 귀가 노출됐어."

길게 설명해 주는 건 고마운데 반절 이상 알아듣지 못했다. 어리둥절해하는 내 표정에 무토가 나를 빤히 쳐다보더니 다시 입을 열었다.

"어제 학교에서 이상한 형체 봤지?"

드디어 알아먹을 만한 소리를 했다. 고개를 끄덕이자 그가 말을 이었다.

"그게 내가 유출한 눈물이야."

"눈물이요? 그 귀신이?"

"주인 없는 눈물은 강한 감정에 들러붙어 동화해. 대부분의 눈물은 수거했는데, 몇몇 눈물은 너희 학교 누군가의 감정에 반응했고. 그런 눈물들이 네가 본 모습처럼 변한 거야."

"학교 누구요?"

"그걸 알아내고 싶어. 네가 도와줬으면 좋겠고. 그 눈물은 너한테도 반응했으니까 너랑 관련이 있을 거야."

괜한 일에 휘말리는 기분이 들어 살며시 몸을 빼며 고개를 가로저었다.

"아, 저는⋯."

"저번과는 다른 문제가 생겼지? 학교에서. 그걸 해결할 물건도 있어."

핑계를 채 꺼내기도 전에 그가 선수를 쳤다. 검은 재킷 왼쪽 주머니에 찔러 넣은 그의 손이 투명한 유리병 하나를 꺼냈다. 저번에 보여줬던 씨앗과는 다른 물건이었다. 유리병 안에는 엄마가 몸에 좋다고 권하던 맛없는 해독 주스 색의 액체가 담겨 있었다.

"이 음료를 마시면 딱 한 번, 원할 때 마음대로 눈물을 흘릴 수 있어."

그제야 내 다른 문제가 뭘 말하는지 알 것 같았다. 연기하며 눈물을 흘리던 전학생. 그가 내민 음료가 나 역시 그렇게 할 수 있다고 속삭였다.

"제가 그 말을 진짜로 믿겠어요?"

말과는 달리 마음 깊은 곳 어딘가 안개처럼 깔린 기대감이 유리병에서 눈을 떼지 못하게 했다. 믿을 수 없는 상황을 연이어 겪은 탓에 현실감이 묘하게 떨어졌다. 그가 유리병 끝을 잡고 흔들자, 녹색 액체가 좌우로 출렁였다.

"이 수족관의 물결은 아무나 볼 수 없어. 네가 어제 본 눈물도 마찬가지고. 눈물을 맞은 사람한테만 보여."

"눈물을 맞았다는 게…."

"지난주에 너희 학교에만 내렸던 비. 넌 맞았지?"

그때 흠뻑 젖었던 수학 교과서는 잘 말린다고 말렸는데도 아직 쭈글쭈글하다.

"못 믿겠으면 확인해 봐."

그가 가리킨 내 교복 주머니에서 스마트폰을 꺼내 카메라 버튼을 눌렀다. 푸른 물결이 가득한 사방을 향해 아무리 스마트폰을 들이밀어도 액정 안은 한 줄기 빛 하나 없이 어두컴컴하기만 했다.

"토끼 귀, 눈물 수조, 한곳에만 쏟아진 비, 걸어 다니는 눈물. 전부 사실이라고 받아들인다면…."

그의 손목 스냅을 따라 유리병 안에 든 녹색 액체가 강하게 빛났지만, 스마트폰으로는 아무것도 잡을 수 없었다.

"눈물을 원할 때 흘리게 해주는 액체도 믿을 법할 텐데."

기대로 뭉친 침이 목구멍을 타고 꼴깍 넘어갔다. 밑져야 본전이었다. 어차피 귀신인지, 눈물인지 자꾸 보이면 곤란한 건 피차 마찬가지였다.

"제가 뭘 하면 되는데요?"

4.
로그함수

점심시간. 같이 매점에 가자는 미래에게도 비밀로 하고 몰래 불러 낸 사람은 민우였다. 민우는 검지를 입술에 댄 채 손짓만으로 유인하는 나를 이상하게 쳐다보면서도 얌전히 동아리방까지 따라와 줬다. 다행히 동아리방에는 아무도 없어 은밀히 대화할 수 있었다.

"부탁 하나만 하자."

동아리방에 도착하자마자 대뜸 들이대니 민우가 주춤 뒷걸음을 치며 물었다.

"무슨 부탁?"

"교복 빌려줘."

"교복? 누구 거? 내 거?"

대답 대신 고개를 위아래로 움직였다. 그리고 당연히 뒤이을 '왜'라는 질문이 떨어지기도 전에 고개를 좌우로 저었다.

"남자 교복이 필요해. 이유는 묻지 마. 부탁한 것도 비밀로 해줬으면 좋겠어. 괜히 이상한 오해받을 수도 있잖아."

"오해받을 만큼 이상한 부탁이라는 건 아네."

어이없는 표정을 짓는 민우의 시선을 피하며 어깨를 으쓱였다.

"그래. 이유는 둘째 치더라도 왜 나야?"

"남자애 중에 네가 제일 편하니까."

"어?"

화들짝 놀라는 민우에게 손을 모아 간절함을 호소했다.

"친구가 부탁하는데 좀 들어줘라."

"친구…."

놀란 눈이 되었던 민우가 머쓱하게 머리를 긁적이며 심드렁한 얼굴로 돌아왔다. 가만히 바라보며 입이 열리기를 기다리자, 한숨 섞인 목소리로 민우가 대답했다.

"그래, 친구 부탁이라는데."

"고마워!"

"대신 너도 내 부탁 하나 들어줘."

세상에 공짜는 없는 법이니까. 나는 득과 실을 따지는 사업가처럼 팔짱을 낀 채 한 손으로 턱을 만지다가 각오를 굳히고 입술을 움직였다.

"말해봐."

"오늘 방과 후에 2인극 상대해 줘."

"응? 미래는?"

"걔랑 연습이 되겠냐고."

어차피 같은 대본을 연습하고 있는 처지라 어려울 것 없는 부탁이었다. 오히려 전학생과 말도 못 섞고 있어 상대가 필요했는데 다행이었다. 미소를 긍정으로 받아들인 민우가 동아리방을 나서며 말을 흘렸다.

"내 부탁도 다른 애들한테는 말하지 마. 괜히 신경 쓸 수도 있잖아."

미래라면 솔직하게 말해도 딱히 상관 안 할 것 같았지만, 동아리방을 나가려는 민우를 괜히 붙잡는 것 같아 그냥 알겠다고 답했다.

"8시쯤에 봐. 집에서 남는 교복 가져오게."

어디서 만날 거냐고 물으려다 스마트폰을 흔들며 급하게 나서는 민우의 모습에 이따가 연락하기로 했다.

점심시간마다 하는 축구가 그렇게 좋은가.

ᛞᛞᛞ

    학교가 끝나고 미래와 근처에 있는 공공도서관에서 공부했다. 지하 1층에 있는 매점 겸 식당의 음식들이 저렴해서 저녁을 때우기가 편한 곳이다. 동아리 활동이 있는 월요일과 미래가 학원을 가는 목, 금을 빼면 거의 매일 방과 후엔 여기서 같이 공부한다.

    6시 32분. 내 책을 톡톡 친 미래가 진지한 얼굴로 입만 뻥긋대며 '떡볶이'를 반복했다. 격렬한 긍정을 표하며 미래와 함께 열람실에서 나와 지하 식당으로 향했다. 열람실 문을 나서자마자 미래가 기지개를 켜며 물었다.

    "오늘은 몇 시까지 할까?"

    약속이 있다고 말하려다 다른 애들에게는 말하지 말라던 민우의 말이 떠올라 나도 모르게 미래의 눈을 피했다.

    "아, 나 오늘은 떡볶이만 먹고 가려고."

    "어? 그래? 그럼 오랜만에 코인 노래방?"

    기대 가득 찬 목소리로 미래가 검지를 펴며 나를 겨냥했다.

    "미안. 오늘따라 너무 피곤해서. 일찍 들어가서 자고 싶어."

    미래가 꼿꼿했던 검지를 수그리며 지그시 내 얼굴을 바라보는 통에 괜히 긴장됐다.

    "그래. 요즘 너 피곤해 보이긴 해. 학교에서도 자주 멍때리고."

지하 1층에 도착해서 떡볶이와 김밥을 하나씩 시켜 자리에 앉았다. 음식이 나온 후에도 실망한 기색이 역력한 미래를 보고 있자니 미안한 마음이 들었다. 내일이랑 모레는 학원에 가야 하는 탓에 더 아쉬워하는 것 같았다. 주말 약속이라도 잡을까 해 운을 떼려는데 미래의 입술이 더 빨리 움직였다.

"고민 있어?"

또다시 미래가 지그시 눈을 맞춰왔다. 고민. 떠오르는 건 많지만 뭐 하나 입에 담기 껄끄러워 어색하게 미소를 지었다.

"있으면 말해. 나도 너한테는 다 말하잖아."

미래가 씩 입꼬리를 당기며 떡볶이 하나를 입에 넣었다. 미래 특유의 밝은 목소리는 늘 분위기를 띄워주었다. 민우와의 약속을 말하지 않은 게 괜히 찔려, 미래한테는 말하겠다고 할 걸 하고 후회했다.

─※※※─

민우와는 학교에서 만나기로 했다. 학교에서 나왔다가 다시 학교로 돌아가려니 느낌이 이상했다. 해가 져서 어두웠지만, 자율학습을 하는 학생들이 있어 학교 창문으로 환하게 불이 켜진 교실이 많았다.

이렇게 늦게까지 연습하는 부원은 보통 없어서 강당에는 먼저 도착해서 스마트폰을 하는 민우뿐이었다. 나를 발견한 민우는 자기 옆에 있던 쇼핑백을 내게 내밀었다. 안에는 부탁한 교복이 들어 있었다.

"언제 도착했어?"

"나도 방금 왔어."

교복을 전해준 민우는 계단을 이용하는 대신 손을 짚고 폴짝 뛰어서 무대에 올라갔다. 스마트폰을 한 손에 꼭 쥐고 들여다보며 혼자서 대사를 중얼거렸다. 대사를 입술에 새기는 과정이라도 되는지 무대 여기저기를 계속해서 돌아다니는 걸 보니, 대사를 할 때마다 동선이 길어진다던 미래의 말이 떠올랐다.

민우가 불그스름한 커튼에 다가가자, 그제 있었던 일이 생생히 떠올라 불안했다.

"민우야."

스마트폰에 갇혀 있던 민우의 눈동자가 나를 향했다.

"왜?"

"어…. 아니, 그게…."

나도 모르게 올린 손이 애달프게 허공에서 꼼지락댔다.

뭐라고 할까. 그 커튼 뒤에 귀신이 있을지도 모른다고 말하면 분명 비웃겠지?

"뭐 있어?"

내 시선이 커튼에 닿아 있다는 걸 눈치챈 민우가 말릴 새도 없이 휙 커튼을 들췄다. 다행히 커튼 뒤에는 발자국 흔적 없이 깨끗했다.

"뭔데?"

"아니야, 잘못 봤나 봐."

본격적으로 2인극의 합을 맞추는 일은 순조로웠다. 드문드문 민우가 대사를 잊어버려서 반복할 때도 있었지만, 대사 자판기인 내 덕에 진도가 금방금방 나갔다.

"네가 그런 식이면 내가 해줄 수 있는 말은 하나야. 말 안 해도 알고 있겠지?"

어느새 대사를 잊어버릴 때마다 민우는 중단하는 대신 저런 식으로 애드리브를 날렸다. 그러면 상대방 대사도 통으로 외우고 있는 내가 민우 대사를 어물쩍 섞으며 연기를 이었다. 2인극이라고 해봐야 A4 용지 네 장 수준으로, 시험을 앞두고 학교에서 선생님이 실수로 흘린 답안지를 얻어 높은 점수를 받은 학생과 그 사실을 눈치챈 친구가 갈등하는 게 주 내용이다.

"안 멈추고 처음부터 끝까지 성공."

"네가 대충 넘긴 대사들만 빼면."

"금방 외울 거야."

털썩 무대에 걸터앉는 민우를 따라 자리에 앉았다. 오래 서 있어서 지쳤다. 새삼 매일 축구 하면서도 멀쩡한 민우가 신기했다. 다리 안 아픈가.

"넌 체육 말고 좋아하는 수업 있어?"

"왜 당연히 체육은 좋아한다고 생각해?"

"아니야?"

"좋아하지."

"뭐야…."

표정을 구기고 쳐다보자, 민우가 실없는 웃음을 흘렸다. 어이가 없어서 나도 따라 실없게 웃었다. 민우가 허공으로 시선을 던지며 말했다.

"수학."

"수학 좋아해? 되게 의외네."

"되게 무례하네."

또 한 번 둘이 실없는 웃음을 터트렸다. 이번엔 민우가 내게 물었다.

"넌 무슨 과목 좋아하는데?"

"나도 수학."

민우가 무게중심을 뒤로 옮기며 양팔을 지지대 삼아 천장을 올려봤다.

"답이 명확해서?"

"응. 틀려도 이유가 확실하잖아."

잠시 침묵이 이어졌다. 멍하니 허공만 바라보고 있는데 민우가 뒤로 기댔던 몸을 앞으로 당기며 질문을 던졌다.

"근데 고등학교 수학은 중학교랑 많이 다르지 않아?"

"어떤 점이?"

"엄청 어렵다는 점이."

공감돼서 아까보다 크게 웃음을 터트렸다. 맞장구를 치자 민우가 고개까지 절레절레 흔들며 한숨을 토했다.

"숫자만 있으면 되지 자꾸 문자가 튀어나와."

"아, 맞지, 맞지."

"우리 형이 대학생인데 로그인가? 공부하는 거 옆에서 보고 있으면 수학을 하는지 영어를 하는지 모르겠어. 더 끔찍한 건 먼 미래도 아니래. 고2 땐가 배운다던데."

"수학 좋아하는 거 취소."

내 말에 킥킥대던 민우가 숨을 고르더니 갑자기 진지한 얼굴로 말했다.

"곱하기 나누기 같은 거야 실제로 쓴다 쳐도, 그렇게 어려운 문제 배우는 게 나중에 의미가 있나 싶었어."

"그러게. 인수분해나 복소수 같은 거 나중에 써먹긴 하려나."

4. 로그함수

아무 짝에 쓸모없는 거 아닌가 몰라, 하고 답하며 허탈하게 웃어도 민우는 여전히 사색에 잠긴 얼굴이었다.

"형한테도 똑같이 말한 적 있어. 그랬는데 그러더라. 자기도 로그함수 어디다 쓸지 전혀 몰랐는데, AI 데이터 분석할 때 엄청 유용하다는 거야. 아주 작은 값부터 아주 큰 값들이 섞여 있을 때 분석하기 좋다나 뭐라나. 범위가 방대한 자료를 표현하기 쉽대."

얘가 수학을 이렇게까지 좋아했나? 무슨 말을 하고 싶은 건지 몰라 빤히 쳐다보자 당황한 민우가 더 횡설수설했다.

"AI라던지, 인공지능 얘기가 나오니까 나도 관심이 생기더라고. 인공지능 중요하잖아. 엄청나게 발전하고 있고…. 아니, 그러니까. 내 말은 AI가 중요하다는 게 아니라, 그…."

갈수록 혀가 꼬이더니 민우는 입을 다물고 머리를 벅벅 헝클었다. 나는 민우가 어지럽게 흩뿌려 놓은 말을 차곡차곡 쌓아서 돌려줬다.

"그냥 뭘 하든 이유를 아는 게 중요하다는 거잖아. 맞아?"

"응."

"무슨 말을 그렇게 거창하게 해?"

머쓱하게 볼을 긁적이는 민우의 어깨를 툭툭 치며 웃자, 민우가 입술을 몇 번 잘근거리다 시선을 피하며 물었다.

"넌 연기 왜 해?"

대수롭지 않은 질문인데, 빈 깡통이 발에 차여 소리 내듯 마음이 요란해졌다.

"나?"

몸을 뒤로 기울여 천천히 무대 바닥에 등을 대고 누웠다. 연기를 시작한 이유. 혜은 언니한테 칭찬 받았던 게 좋아서라고 말하려니 괜히 부끄러웠다.

"넌 왜 하는데?"

질문의 공을 민우에게 던져버렸다. 대단한 이유라도 있는지 숨을 크게 삼킨 민우가 쭉 편 어깨만큼이나 힘이 들어간 목소리로 말하며 누워 있는 나를 내려다봤다.

"난 로그, 아니. 그러니까. 방대한…."

웬 또 로그? 얘 오늘따라 뭘 잘못 먹기라도 했나 싶은 와중에 무언가 천장에서 내 귀 옆으로 철썩하고 떨어졌다.

"으악!"

깜짝 놀라서 펄쩍 뛰는 바람에 민우까지 덩달아 기겁하며 소리쳤다. 붉고 물컹거리는 액체덩이였다. 문구점에서 파는 슬라임처럼 끈적하게 움직이는 그것에는 인형에 붙은 것처럼 생긴 새카만 눈깔 두 개가 달려 끔벅댔다. 눈 밑에 연신 꿈틀거리는 부분은 마치 입이라도 되는 양 쉼 없이 뻐끔댔다.

"로그, 로그, 로그, 로그……를 사용한다면 내 마음도 표현할 수 있

4. 로그함수

을까?"

소름이 끼쳐서 몸을 떠는 나와 달리 민우는 어리둥절한 표정으로 내 얼굴만 뚫어지게 봤다.

"저, 저거 뭐야?"

"뭐?"

"저거!"

"저거, 뭐?"

바닥을 기며 다가오는 커다란 반고체 덩어리를 아무리 손가락질해도 나를 이상하게 쳐다보기만 하는 민우를 보고 깨달았다. 저거 그거구나. 눈물을 직접 맞은 사람한테만 보인다는 눈물. 그래도 전에 사람 모양이었던 거보단 나았다. 딱 그렇게 생각했을 때 철퍼덕하고 천장에서 하나가 더 떨어졌다.

불안했다. 마음을 달래보려고 해도 예상이 가서 몸이 부르르 떨렸다. 그런 거 있잖아. 머피의 법칙? 그거랑은 좀 다른가. 어쨌든, 싫은 예감은 꼭 맞는 거.

싫으면서도 봐야만 직성이 풀리는 건, 위험 신호를 중요하게 여기도록 진화한 본능이었다. 쭈뼛쭈뼛 서는 머리카락과 함께 천천히 고개를 들었다. 숫자를 헤아리기도 어려울 만큼 많은 눈동자가 천장에 붙어 나를 내려다보고 있었다.

"괜찮아?"

"…가자."

천장에 고정된 눈동자가 심하게 요동쳤다. 얼음 땡 놀이라도 하듯 민우가 내 팔을 건드리자마자 몸을 돌려 문을 향해 있는 힘껏 달렸다.

"야, 어디 가?"

"늦었잖아! 가자고."

내 다급한 호소의 이유를 알 턱이 없는 민우는 느적느적 걸어 나왔다. 천장에 박쥐 무리처럼 매달려 있는 액체덩이가 보인다면 절대 저러지는 못할 거다.

"갑자기 왜 뛰는데?"

액체덩이한테 다리가 없어서 다행이었다. 저번에 봤던 것처럼 막 쫓아올 정도로 빠르지 못한 건지, 쫓아올 생각이 처음부터 없었는지는 몰라도 교문까지 달리는 동안 액체덩이들은 보이지 않았다. 시간이 딱 맞았는지 이번에도 야간자율학습을 마치고 나오는 학생들이 있어서 긴장이 풀렸다.

"이건 들고 가야 할 거 아니야."

뒤늦게 따라온 민우의 손에는 교복이 든 쇼핑백이 들려 있었다. 얼마나 열심히 뛰었는지 이마에선 땀이 났다. 헐떡이며 숨을 고르는 내게 민우가 뭐라고 말하려다가 다른 학생들을 보고는 입을 다문 채 쇼핑백만 내밀었다.

"고마워."

감사 인사에도 대충 대꾸하며 민우가 나를 지나쳐 갔다. 화났나? 화났다기보다 삐진 거 같기도 하고. 자기 두고 혼자 뛰어갔다고 저러는 건가 싶어 괜히 미안했다. 내일 매점에서 빵이라도 사다 줘야지. 나는 쇼핑백을 품에 안고 집으로 가기 전 수족관에 들르기로 했다.

5.

새침데기 왕자

밤에 본 수족관은 푸른빛이 더욱 선명하게 아른거려서 예뻤다. 별자리를 헤는 기분으로 몽롱하게 안으로 걷다 보면 금세 텅 빈 수조가 있는 끝에 도착하게 된다. 하얀 토끼 귀가 고개 숙여 인사를 하듯 까딱 움직이며 나를 반겼다. 그는 전과 똑같이 하얀 와이셔츠에 검은 재킷을 입고 있었다.

"옷이 그거 한 벌이에요?"

"응."

그와 만난 지 세 번쯤 되니 이름 말고도 알게 된 사실이 있다. 무토, 그는 담백한 성격이다. 말도 안 되는 소리를 자연스럽게 하는 걸 포함해서 대체로 감정 기복이 적었다. 그래서 농담을 던져도 이야기가 진지하게 빠지기 일쑤였다.

"진짜로요?"

"응, 그래서 부탁한 거야."

민우에게 받은 쇼핑백을 그에게 건네줬다. 쇼핑백 안을 이리저리 살펴보며 무토가 고개를 끄덕였다.

"맨날 같은 옷만 입으면 냄새 안 나요?"

"눈물 그릇은 눈물만 갈아주면 깨끗해."

"눈물 그릇이 뭔데요?"

그는 질문에 답하는 대신 쇼핑백 안에서 교복을 꺼내 그대로 물이 찰랑거리는 수조 안에 담가버렸다.

"잠깐만요! 그걸 그렇게 담그면…."

"안 젖어."

교복을 수조에 푹 담근 채 휙휙 돌리고 있으면서도 무토는 덤덤한 표정으로 일관했다. 한참을 그렇게 돌리다 꺼낸 교복은 그의 말대로 말끔했다. 다시 돌려받아 만져본 교복은 건조기에서 막 꺼낸 옷처럼 오히려 더 뽀송뽀송했다. 섬유유연제를 뿌린 듯 좋은 냄새까지 났다.

"이게 눈물 그릇이야."

무토가 수조에 한 번 더 손을 푹 담갔다 빼자 똑같은 교복이 한

벌 나타났다. 연못에서 금도끼, 은도끼를 꺼내는 산신령이 따로 없었다. 헛웃음이 나는 와중에 그가 대뜸 재킷과 셔츠를 벗기 시작했다.

"뭐 하세요?"

"갈아입으려고."

거침없이 단추를 푸는 그에게서 얼른 뒤돌아 서서 다른 수조로 시야를 옮겼다.

"창피하지도 않아요?"

"이 몸도 눈물 그릇이야. 완성되기 전에 꺼내서 끝부분이 망가졌지만."

무토의 말에 교복을 넣었던 수조가 전에 그가 머리를 담그고 있던 수조였다는 걸 깨달았다.

"그럼 그 얼굴도 가짜예요?"

"응."

"원래는 어떻게 생겼는데요?"

"토끼처럼."

부스럭대는 소리가 멈춰서 다시 그를 향해 천천히 몸을 돌렸다. 교복은 원래부터 그의 옷인 것처럼 딱 맞았다.

"토끼요? 외계인처럼 도마뱀 피부에 그런 거 아니고요?"

"응, 그냥 커다란 토끼."

커다랗다는 건 얼마나 커다랗다는 걸까. 사람 정도만 되더라도 무서울 것 같았다. 사실대로 말해주지 않아도 되니 차라리 그냥 가벼운 농담으로 받아줬으면 좋겠다.

"어디가 망가진 건데요?"

"머리 부분. 완전히 메꿔지지 않아서 귀가 노출됐어."

그의 머리 위에서 털이 보송보송한 토끼 귀가 의식을 가진 것처럼 쾌활한 느낌으로 까딱였다. 무뚝뚝한 그보다 차라리 토끼 귀가 더 사람다웠다.

"그럼 고치면 되잖아요. 수조에 다시 담그면 안 돼요?"

"눈물 그릇으로 몸을 만드는 건 이런 천을 만드는 것보다 훨씬 정교하고 어려워. 하늘에서 물자를 가져오지 못하는 상황에서는 힘들지."

하늘에서 어떻게 물자를 가져오냐고 물어보려다 어차피 못 알아들을 말만 늘어놓을 거 같아서 관뒀다. 눈물 흘리는 약만 받으면 됐지 뭐.

"근데 교복은 왜 필요해요?"

"이걸 입으면 학교에 들어가기 편하니까."

"학교에 들어가려고요?"

뭐가 그렇게 당연한지 그는 내 질문에 표정 변화 하나 없이 고개를 끄덕였다.

"어차피 귀 때문에 안 될 거 같은데…."

건조한 얼굴로 일관하던 그가 갑자기 눈을 부릅뜬 채 몸을 부들부들 떨었다. 하얗기만 하던 피부도 힘이 잔뜩 들어가 약간 빨개졌다.

"뭐 해요? 무섭게."

놀라운 광경이 펼쳐졌다. 기괴하다는 쪽이 더 어울릴까? 음. 거창하게 표현하기엔 하찮은 변화였다. 그의 머리 위에 솟아 있던 토끼 귀가 해파리처럼 흐느적대다가 차츰 작아졌다. 작아지는 건지 머리 안으로 들어가는 건지 미묘했지만 어쨌든 결국엔 완전히 모습을 감췄다.

"참으면 반나절 정도는 숨길 수 있어."

"무슨 화장실도 아니고…."

토끼 귀도 없고 교복까지 입고 있으니 학교 선배라고 해도 믿을 수준이긴 했다. 머리카락 색이 너무 눈에 띈다는 거 빼면.

"그런 머리색이면 경비 아저씨한테 걸릴걸요."

그가 구름을 떼다 실타래로 엮은 것 같은 머리카락을 손으로 매만졌다.

"집에 염색약 있어요. 내일 가져다줄게요."

슬슬 돌아가려는데 그가 노랗게 반짝이는 동전 하나를 무심하게 던져줬다. 하마터면 떨어트릴 뻔했다. 간신히 잡아챈 동전에는 장발에 긴 칼을 지팡이처럼 짚고 있는 남자가 새겨져 있었다. 외형만 보면 싸구려 장난감 동전과 크게 다르지 않았다.

"교복에 대한 답례야."

"답례면 그 눈물 마음대로 흘릴 수 있는 약으로 주면 안 돼요?"

"그건 눈물을 회수한 후에."

"계산이 참 확실하시네요."

동전을 이리저리 손에서 굴려보다 아주 잠깐 동전 안에 있는 남자가 코를 씰룩이는 걸 발견했다. 신기해서 한 번 더 보려고 뚫어지게 쳐다봤지만, 같은 일은 반복되지 않았다.

"새침데기 왕자."

눈빛으로 이게 뭐냐고 묻자, 그가 또 자기만 아는 단어를 뱉었다.

"동전을 손에 쥐고 벽이나 바닥을 두드려. 손으로 직접 동전을 내리쳐도 상관없어. 곤란한 질문을 없던 일로 해줄 거야. 딱 세 번."

어떻게 그런 게 가능하냐고 물으려다 시간이 너무 늦어 오늘은 일단 돌아가기로 했다. 동전을 손에 쥔 채 그와 인사를 나누고 집으로 발걸음을 재촉했다.

10시 52분. 엄마가 가게에서 돌아오고도 남을 시간이었다. 엄마는 일주일에 최소 한 번은 사우나에 간다. 그곳에서 친한 아줌마들과 수다를 떨다 늦게 들어올 때도 있어서 희망을 품어봤지만, 어림도 없었다. 현관을 열자마자 엄마가 거실에서 나왔다.

"어딜 그렇게 늦게 다녀?"

"그냥 학교에."

"공부했어?"

발음을 뭉개며 어물쩍 넘어가려는데 엄마가 방까지 따라 들어왔다.

"아니면 또 동아리?"

가방을 내려놓으며 눈을 피하는데 엄마는 물러날 기미가 보이지 않았다.

"동아리도 좋지만 이제 고등학생인데 좀 더 신경 쓰는 게 좋지 않을까?"

"내가 알아서 할게."

"학원은? 정말 안 다녀도 되겠어?"

당연한 말이지만 학원에 다니려면 돈이 든다. 괜히 엄마를 더 힘들게 만들고 싶지 않았다.

"괜찮아. 안 다녀도 돼."

"다른 친구들은 많이 다닌다며."

걱정과 미안함이 어려 있는 엄마의 얼굴은 보기가 불편했다. 마주하면 시린 이처럼 시큰하고 괴로웠다.

"괜찮다니까."

"혼자 하는 거 힘들지 않아?"

내가 성적이 좋았다면 엄마도 이런 걱정 안 할 텐데. 죄책감이 자꾸만 날카롭게 심장을 찔러댔다.

"다니고 싶으면 다녀도 돼. 그 정도는 괜찮으니까 걱정 말고…."

"아, 괜찮다니까!"

울컥 마음이 쏟아져 짜증으로 튀어나왔다. 그와 동시에 부단히 움직이던 엄마의 입술도 멈췄다. 잘못한 것도 없는데 죄인처럼 서 있는 엄마의 모습에 화가 났다. 한 번 불이 붙은 마음이 여기저기 까지고 상처가 난 엄마의 손을 보며 더 크게 타올랐다.

"그런데 쓸 돈 있으면 엄마한테나 좀 써."

"엄마도 써…."

"쓰긴 뭘 써. 맨날 같은 옷, 같은 신발. 피부과도 다니라니까. 손 좀 봐. 완전히 엉망이잖아."

"엄마는…."

머리끝까지 오른 열이 입술을 고장 냈다. 이 상황을 얼른 벗어나고 싶은 마음이 말을 필요 이상으로 날카롭게 만들었다.

"집에 돈 없는 거 뻔히 아는데 내가 부담스러워서 학원을 어떻게 다녀."

그런 표정 짓지 마, 제발. 엄마 나한테 안 미안해도 돼. 스스로가 끔찍하게 싫었다. 힘이 잔뜩 들어간 손이 갈피를 잡지 못하고 벽에 툭 닿았다.

"늦게 다니긴 누가 늦게 다녀? 난 모르는 일이야!"

쩌렁쩌렁한 목소리가 손바닥에서 울렸다. 깜짝 놀라 손을 펼쳐 보자, 동전 안의 남자가 칼을 하늘로 높게 쳐들곤 콧바람을 흥 불었다. 그리고 다시 칼을 지팡이처럼 땅에 꽂아 몸을 지탱했다.

"뭐 하고 있었지…?"

엄마는 손으로 머리를 짚으며 갸우뚱한 표정을 지었다. 얼굴에 가득했던 근심 걱정도 깔끔하게 사라졌다. 취소 버튼을 누른 것처럼 방금까지의 일이 없던 것이 되었다.

"유리야, 밥은 먹었어?"

엉뚱한 질문이 그 자리를 꿰차고 있었다. 나는 얼른 고개를 끄덕였다.

"응, 먹었지."

"그래, 잘했네."

환한 웃음을 되찾은 엄마는 미소를 지으면서도 중요한 약속을 깜박한 것처럼 찜찜해했다.

"무슨 얘기를 하고 있었던 거 같은데."

무토가 준 동전이 작동한 게 분명했다. 다행이다. 전부 없던 일이 돼서. 안도의 한숨을 내쉬며 대화 주제를 돌려버렸다.

"아, 염색약. 엄마, 나 엄마 미용실에서 염색약 가져가도 돼? 검은색."

"염색약은 왜?"

"친구가 갈색으로 염색했는데 시간 지나면 뿌리 염색해야 하잖아. 그게 귀찮아서 다시 검게 돌리고 싶대."

짧은 고민을 마친 엄마는 고개를 끄덕이며 알겠다고 말했다. 동전 덕에 후회로 잠을 설칠 일은 면했다. 정말 다행이었다.

 ~~~

수족관에 파도가 친다. 찰랑대고, 넘실거리며, 부딪치고, 흩어지고, 깨지는 빛무리 속을 헤아리며 무토가 의자에 몸을 기댔다.

인간이 모두 같은 인간이 아니듯 물고기라고 해서 모두 똑같은 물고기는 아니다. 저 새끼 상어는 지느러미 끝이 길고, 저 새끼 펭귄은 점이 많고, 저 새끼 거북이는 등 무늬가 하트 모양이다. 아직 파편에 가까울 정도로 작고, 약한 감정들이지만 같은 눈물 속에서 태어난 생명이어도 모두 다르다. 생긴 것만 봐도 이렇게 다른데 어떻게 다 똑같겠어. 어떤 수조에, 어떤 사람에게 가느냐에 따라 각기 다르게 또 커가겠지.

수조에 반사된 무토의 모습 위로 바닥을 쓸며 움직이는 거북이가 절묘하게 겹쳤다. 거북이를 잡으려는 것처럼 무토가 가슴에 손을 올렸다. 당연하게도 잡히는 건 없었다. 거북이는 수조 안에 있고 무토의 모습은 수조 유리에 반사된 거니까. 그저 겹쳐 보일 뿐인데도 무토는 무언가 가슴을 짓누르는 것처럼 답답했다. 멍하니 수조만 바라보고 있는 꼴이 눈물 탱크를 관리할 때와 똑같았다.

그 모습이 싫어 눈을 지그시 감았다. 탄산 거품이 치솟듯 보글보글 떠오르는 생각들이 그를 더 깊게, 더 끔찍하게 수면 아래로 잡아끌었다. 칠판 긁는 소리보다 거세고 난폭한 목소리가 무토의 머릿속을 헤집었다.

"오래된 탱크는 비워."

새로 만들어져 주인이 정해지지 않은 눈물을 관리하는 게 무토의 역할이었다. 눈물 탱크는 일반 물탱크와 모양은 같아도 투명하고 반짝여서 아름다웠다. 눈물 탱크 속에서 신비롭게 반짝이는 생명체들을 무토는 참 많이 아꼈다.

그랬는데. 관계자들은 잔인하게도 같은 소리만 반복했다.

"위에서 시키니까 하는 거지, 저희한테 이러시면 어떡합니까? 유통기한이라는 게 있다잖아요. 안 비우면 새로운 눈물들은요? 계속 만들어내는데 탱크는 꽉 찼다면서요. 아, 거기까진 저도 모르겠고요. 저흰 배송해 드린 겁니다? 알아서 하세요."

책임을 회피하는 말뿐이었다. 직접 확인도 했다. 시간이 지난다고 해서 문제 되는 눈물은 없다고, 사람들에게 보내져 무궁무진하게 성장할 수 있는 감정들이 함부로 버려져선 안 된다고. 보고서를 작성하고, 직접 찾아가 호소도 해봤다. 타인의 판단으로 가능성이 꺾이는 처지가 꼭 자신과 같아 무토는 괴로웠다. 눈물 생산의 권한을 가진 임원도 만났다.

"뭐야? 무슨 자격으로 이래? 우리가 다 검증했다니까! 유통기한이 있다고. 뭘 안다고 떠들어? 뭣도 아닌 게. 사람들이 눈물을 흘리든, 안 흘리든 뭐 어쩌라고? 그따위 헛소리로 생산에 차질 생기면 손해가 얼만 줄이나 알아? 뭐? 탱크를 늘려? 그거 유지 비용은 누가 내는데? 자네가 낼 거야?"

돌아오는 대답은 여전히 냉담했다. 깨닫는 건 스스로였다. 유통기한이라는 건 변명일 뿐이구나. 모르는 게 아니라 모르는 척하는 거구나. 모든 선택이 숫자가 조금이라도 높은 쪽으로 기울어졌다. 안타깝게도 무토가 품은 감정들은 정량적인 수치로 받아들여지지 못했다.

"눈물 한 방울 만들지 못하는 게 뭘 알겠어."

눈물로 가득한 세상에서 무토만이 뽀송뽀송하고 하얀 털을 가졌다. 눈에 보이는 차이는 눈에 보이지 않는 부분에까지 선을 그었다. 무토는 늘 혼자였다.

쏟아진다. 찰랑대고, 넘치며, 엎어지고, 부딪치고, 흩어지고 깨진다. 깨진다, 깨진다. 다 쏟아져 버렸다. 텅 빈 수조를, 물기가 채 마르지 않은 텅 빈 수조를 부여잡으며 무토는 이런 일이 멈추길 빌고 또 빌었다.

"어차피 가져다 버릴 거면서 무슨 의미가 있어?"

이것이 무토가 눈물의 가치를 들먹인 이유고, 재판을 받은 이유며, 제대로 된 근거도 없이 유통기한이라는 딱지가 붙어 버려지기 직전의 눈물을 무단으로 유출한 까닭이었다.

재판장의 모습이 선명하게 떠올랐다. 웅성거리던 방청석, 눈에 독기가 단단히 오른 검사, 연신 쩔쩔매던 변호단, 의사봉을 내리치던 판사. 그리고 그 사이에서 안도하며 희미하게 입꼬리를 치켜세우던 임원.

무토가 천천히 눈을 뜨고 펜을 잡았다. 그리고 재판장에서 품었던 속내를 수첩에 옮겨 적었다.

사실은 가치 없는 게 아닐까. 눈물도, 나도.

"너무 들뜨지 말고."

선생님의 말씀에도 쉽게 사그라들지 않는 소란이 교실에 맴돌았다. '제주도 수학여행 상세 일정'이라고 적힌 출력물을 손에 쥐고 서로 눈을 맞추는 아이들은 벌써 어떤 옷을 입을지, 뭘 가져갈지 논의하기 바빴다. 나도 슬쩍 미래를 바라봤지만, 오늘따라 표정이 어두운 미래의 시선은 책상에 고정돼 있었다. 고민이라도 있는 건가? 걱정되는 마음에 조회 시간이 끝나자마자 미래에게 껑충 다가갔다.

"벌써 다다음 주네."

옆에 딱 붙어 유인물에 기재된 수학여행 일자를 확인하는데도 미래는 여전히 딱딱한 얼굴이었다.

"너…."

깊은숨을 토해내는 미래의 얼굴에는 웃음기 하나 없었다.

"어제저녁에 나랑 헤어지고 학교 왔어?"

미래의 목소리가 '쿵' 하고 나를 내리쳤다. 당황할 겨를도 없이 두 번째 망치가 연속해서 휘둘러졌다.

"민우랑 있었다며. 어제 수진이가 봤대. 야자 끝나고 둘이 교문 앞에 있는 거."

준비되지 못한 마음은 변명거리도 제대로 만들어내지 못하고 몰아치는 폭풍에 속절없이 당하고만 있었다.

"피곤해서 일찍 들어간다며."

대꾸도 하지 못하는 나를 보며 미래의 얼굴은 더욱 어두워졌다. 찌푸려진 미간에 서려 있는 감정이 무엇인지 짐작하는 건 고통스러운 일이었다. 짙게 밴 배신감의 이유가 탓할 구실을 찾을 수 없는 명백한 내 거짓말 때문이어서 더 괴로웠다. 인상을 쓴 미래의 얼굴을 마주하기 어려웠고, 따끔따끔하게 이어질 단어들은 피하고 싶었다.

"요즘 너….'"

숨기지 말걸, 그냥 솔직하게 말할걸, 괜한 약속을 해서는. 도움을 청하듯 주머니 깊숙한 곳까지 손을 집어넣어 단단한 감촉을 꽉 마주 잡았다. 동전을 쥔 손을 그대로 주머니에서 빼내 책상을 두드렸다.

"어제저녁에 학교에 있긴 누가 있어? 난 모르는 일이야!"

영화감독이 컷 사인을 외친 것처럼 분위기가 일순간 바뀌었다. 팽팽하게 조인 낚싯줄이 끊어져 풀리듯 미래의 표정도 수그러들었다. 엄마가 그랬던 것처럼 미래가 어리둥절하게 나를 쳐다봤다.

"어?"

미처 뒤따라가지 못하고 낙오된 감정이 미래의 눈가에 걸려 있다 볼을 타고 흘러내렸다.

"뭐지? 피곤했나?"

붉어진 눈가를 비비며 옅은 미소를 짓는 미래의 모습에 울렁이는 죄책감을 밀어내며 애써 아무 일 없던 것처럼 밝게 물었다.

"오늘은 학원?"

"응. 목금은 학원. 다음 주 2인극 어떡하지? 연습할 시간이 없네."

한숨을 크게 한번 내쉰 미래가 앓는 소리를 섞어가며 걱정을 토로했다.

"주말에라도 박민우 이놈 봐? 으, 별론데."

절레절레 질색하던 미래가 나를 보고는 아련한 눈빛을 던졌다.

"하긴, 너보다는 낫지. 전학생이랑은 어때? 월요일에 둘이 남았었잖아."

내 연기가 실망스럽다고 말하던 전학생의 차가운 말투가 떠올라 나도 모르게 쓴웃음이 지어졌다. 내 표정을 본 미래가 이해한다는 듯 고개를 끄덕였다.

"걔 별명 생겼잖아."

"뭔데?"

"새초롬. 새초롬해서."

본명인 서초롬에서 성에 획 하나 더했을 뿐인데 절로 고개가 끄덕여졌다. 새초롬한 모습은 다른 친구들에게도 마찬가지인 모양이다.

"오늘 이야기해 보려고. 대본 한 번은 맞춰봐야 하니까."

수업 시작을 알리는 종이 울렸다. 한 손으로는 교과서를 꺼내며 나머지 한 손으로는 주먹을 불끈 쥔 미래가 '화이팅' 하고 응원해 줬다. 자리로 돌아가려다 동전을 사용했던 게 마음에 걸려 미래를 돌아보고 말했다.

"미안해."

뜬금없는 사과에 미래가 의아한 얼굴로 나를 쳐다봤다.

"어제 노래방 같이 못 가서. 다음에는 꼭 같이 가자."

웃음을 터트린 미래가 "뭘 그런 걸 가지고." 하며 말끝을 흐리다 정정하듯 "그래."라고 밝게 화답해 줘서 마음의 짐을 조금이나마 덜었다.

6.

염색

온종일 교실이 시끌시끌한 이유는 엄밀히 따져 수학여행 때문만은 아니었다. 5월 15일 스승의 날을 맞아 반장을 필두로 반 아이들이 준비한 편지 다발을 담임선생님께 깜짝 선물로 선보였다. 담임선생님은 담담한 척하려고 애썼지만, 하늘로 치솟는 입꼬리와 들뜬 목소리가 티가 났다. 괜히 좋으면서 '편지로 때우냐'고 핀잔을 주는 선생님께 김영란법 때문에 선물은 못 드린다고 반장이 받아쳐 웃음바다로 종례 시간이 끝이 났다. 학원 때문에 급하게 나서는 미래와 인사를 하고 전학생의 반으로 발걸음을 서둘렀다. 복도에서 친구들과 떠들고 있던 민우가 나를 발견하곤 말을 걸었다.

"이번엔 또 무슨 부탁 하려고?"

"오늘은 너 아니야."

"그럼 누구?"

"전학생."

"서초롬? 집에 가던데."

점심시간에 찾아왔을 때도 이랬다. 쉬는 시간마저도. 반에 찾아올 때마다 전학생은 항상 자리에 없었다.

"나간 지 얼마나 됐어?"

"방금. 얼마 안 갔을걸."

"땡큐."

얼른 쫓아가려는 내게 민우가 무언가 말하려 했지만, 시간이 없어서 대충 짐작해서 대꾸했다.

"빌린 교복 동아리방에 뒀어!"

빠른 걸음으로 복도를 가로질러 교문으로 향했다. 다행히 저 끝에 전학생의 뒷모습이 보였다.

"서초롬!"

분명 들릴 만한 거리였는데도 전학생은 자기 갈 길만 갔다. 오히려 걸음은 더 빨라졌다. 폐 깊숙한 곳까지 공기를 가득 채우고 쫓은 덕에 학교에서 얼마 떨어지지 않은 골목길에서 전학생을 붙잡을 수 있었다. 어깨를 두드리자 서초롬은 놀라는 기색도 없이 뒤를 돌아 냉랭한 표정으로 나를 쳐다봤다.

"왜."

마침표로 끝난 질문에는 가시가 잔뜩 돋아 있었다.

"다음 주 2인극 있잖아."

"근데."

길거리에서 만난 잡상인한테도 이것보다는 친절하겠다. 서초롬의 태도에 올라오는 짜증을 억누르며 말을 이었다.

"대사 한번 맞춰봐야지."

"자기 배역 알면 됐잖아. 자기 거만 잘하면 끝인데 뭘 맞춰."

"아니, 그래도."

"난 내 거 잘할 테니까, 넌 네 거나 신경 써."

뭐 이런 게 다 있을까? 어이없는 얼굴로 쳐다보고 있자, 서초롬이 내가 쳤던 어깨를 툭툭 털며 몸을 돌렸다. 내가 뭐 그렇게 큰 부탁을 했나? 나는 뭐 자기 좋아서 붙잡고 있는 줄 아나? 누가 저걸 새초롬하다고 그래. 재수 없다고 그러지. 그래, 얼마나 잘하나 보자. 다음 주에는 꼭 콧대를 꺾어주리라 다짐하고 또 다짐했다.

⁂

"따끔거리면 말해요."

무토의 하얀 머리카락 위로 염색약을 발랐다. 서당 개도 3년이면 풍월을 읊는다고 했던가. 미용실을 운영하는 엄마 덕에 염색 정도는 혼자서도 거뜬했다. 옛날엔 엄마한테 자주 졸랐었는데. 요즘엔 제품도 잘 나와서 수월했다.

"이 머리카락도 가짜인 거죠?"

움직이면 안 된다는 말에 꼼짝하지 않고 의자에 붙어 있던 무토가 덤덤하게 "응." 하고 대답했다. 직접 만져보면 뭔가 다를까 했는데, 가짜 티는커녕 나보다도 머릿결이 좋았다. "신기하네요."라며 대답하고 비닐장갑을 낀 손을 열심히 움직이는 내게 그가 말했다.

"못 믿을 줄 알았는데."

피식 웃음을 흘리며 대꾸했다.

"이제 와서요? 귀신에, 동전에. 무당도 아니고 무슨 일 생기면 딱딱 맞혀. 못 믿는 게 더 이상할 것 같은데요."

구석구석 염색약을 꼼꼼히 발랐다. 이제 색이 들 때까지 기다릴 차례였다.

"토끼 귀 안 튀어나오게 조심해요. 괜히 망칠라."

머리카락을 만져보려는 그의 손을 저지하며 옆 의자에 앉았다. 손에 낀 비닐을 조심스럽게 벗어놓고 주머니에 있는 동전을 꺼내 만지작댔다.

"새침데기 왕자? 이런 동전도 있으면서 정작 염색하는 약은 없

6. 염색

나 봐요?"

"머리카락 색만 따로 물들일 필요가 없으니까. 하늘에 있었으면 눈물 그릇 자체를 손봤겠지."

"전에도 그런 말 했었죠? 하늘이라고. 구름 떠 있는 하늘 말하는 거예요?"

동전을 다시 주머니에 넣고 다른 한 손으로 검지를 높게 치켜들며 위를 향해 콕콕 찌르자, 그가 이번에도 덤덤하게 "응." 하고 대답했다.

"그럼 비행기에서 보여야 하는 거 아니에요? 미국이나 이런 데서는 알고 있는 거죠? 몰래 외계인이랑 접촉하고 그런다던데. 그거 진짜예요?"

고개를 작게 저은 그가 진지한 얼굴이 되어선 재미라곤 한 줌도 찾아볼 수 없는 어투로 입을 움직였다.

"육안으로도, 레이더로도 관측하기 어려워. 파동과 입자가 체결한 조약도 있고. 우리가 사용하는 기술은 너희가 활용하는 전자기파랑 달라서…."

"그만요. 전 전자기파도 잘 모르니까요."

고개를 절레절레 흔들며 설명을 거부했다. 종일 붙잡고 있는 스마트폰도 무슨 원리로 전화가 연결되고, 어떻게 인터넷이 되는 건지 다 알고 쓰는 건 아니니까. 그냥 편하게 쓸 수 있으니까 쓰는 거지. 따지고 보면 염색약도 마찬가지였다.

에탄올아민, 파라페닐렌디아민, 레조시놀, 파라톨루엔디아민, 어쩌고저쩌고. 염색약 상자에 아주 작은 글자로 적혀 있는 것들이 정확히 어떤 원리로 작용하는지 모른다. 잠시 상자를 들여다보다 괜히 머리만 아파서 한쪽으로 치워버렸다.

"지금 모습이 가짜면, 실제로는 몇 살이에요?"

"하늘꽃이 피고 지길 219번."

꽤 높은 숫자에 나이가 엄청 많은 건가 싶어 그가 조금 멀게 느껴졌다.

"그게 몇 살인데요?"

"대략 219개월. 여기 계산법으로 환산하면 만으로 열여덟."

"만 나이도 알아요? 뭐야, 그럼 저랑 두 살 차이네요? 고3?"

"이곳으로 치면 그렇지."

멀게 느껴지려던 마음이 팽팽하게 당겨진 고무줄을 놓은 것처럼 되돌아왔다.

"거긴 학교 없어요? 땡땡이치고 있는 거 아니에요?"

"성체가 되기까지 교육을 받는 시설은 있어. 우리는 하늘꽃이 피고 지길 100번이 되면 성년식을 치러."

219번이 219개월이라고 했으니까, 100번이면 100개월. 12로 나누면… 9는 좀 안 되니까, 만 8세? 그의 계산법이라면 초등학교

2학년만 돼도 성인이었다.

"엄청 빠르네요."

"너희랑은 성장 속도가 다르니까."

토끼라고 했지. 강아지들도 '사람 나이로 치면 몇 살이다' 하는 이야기를 들어본 적이 있다. 비슷하게 생각하면 되려나.

"성년식에는 뭐 하는데요? 꽃이나 향수 같은 거 받아요?"

설명을 잇기 위해 살짝 벌어졌던 그의 입술이 한동안 애달프게 달싹이다가 도로 닫혔다. 고장 난 테이프처럼 길게 늘어지는 시간이 제자리를 찾지 못하고 어물쩍거리다가 그의 입술에 마지못해 닿아 천천히 다시 흘러갔다.

"가족들과 물방울을 섞어."

돌연 차분하다 못해 차가워진 그의 눈동자는 꼭 우물 같았다. 허리를 숙여 깊이를 가늠해 보려 해도 똬리를 틀고 있는 케케묵은 어둠이 밑바닥의 모습을 은밀하게 감추고 있을 법한 우물이었다. 눈으로는 볼 수 없이 깊은 우물도 두레박을 던지면 소리를 통해 그 끝에 첨벙이는 물이 있는지, 딱딱한 바닥이 있는지 알 수 있는 것처럼, 내가 던진 질문의 대답으로 무토의 우물이 메말라 있다는 건 어렴풋이 느껴졌다.

"그저 커다란 토끼처럼 생겼다고 한 건 내 얘기야. 다른 눈물토끼들은 물방울로 이루어져 있어."

그의 시선은 물고기가 가득한 수조 안을 향해 있으면서도, 초점이 없어 어떠한 생물체와도 눈을 마주치지 못했다.

"물방울 색은 눈물토끼마다 달라. 성년식엔 가족들과 손을 맞잡고 서로의 색을 섞는 게 전통이야."

그가 눈을 감는다. 폭풍이 지나가길 기다리는 것처럼, 몰려오는 파도를 손으로 막아보려는 것처럼, 버거운 줄 알더라도 달리 방법이 없어 그저 그렇게 흘려보냈다.

"난 제대로 된 성년식을 치르지 못했어. 물방울도, 가족도 없으니까. 이유는 몰라."

뒤따르는 의문이 많았으나 무엇 하나 물어보기 조심스러운 것 투성이었다. 물방울이 없다는 건 그에게 어떤 의미일까? 그의 부드러운 토끼 귀가 특이한 게 아니라 특별하다고 말해주고 싶은 마음을 꾹 눌러 담았다. 허울 좋게 꾸며낸 말이 오히려 그를 더 아프게 할지도 모르니까. 남들에게 당연한 게 자신에게 당연하지 않다는 게 얼마나 속상한지 아니까. 초등학교 때 내 사정을 떠들던 친구들이 떠올라서일까? 가족이라는 단어에까지 드리워져 있는 이유를 모른다는 말이 시큰하게 가슴을 찔렀다. 나는 안타까운 표정을 짓거나 위로의 말을 건네는 대신 그와 같은 담담한 얼굴로 가슴을 콕콕 찌르는 아픔을 조용히 함께했다.

"잘 나왔네요."

이전 색이 상상이 가지 않을 만큼 완벽하게 머리카락이 검게 물들었다. 사실 어떤 색으로 했어도 예쁘게 잘 나왔을 것이다. 원래부터 하얘서 탈색한 머리와 매한가지로 색을 잘 머금었다.

수조에 이리저리 자신의 모습을 비춰보는 무토가 만족한 듯 고개를 끄덕이며 셔츠 주머니에 손을 넣고 뒤적였다.

"무토."

그의 이름을 부른 건 이번이 처음이었다. 표정 변화 없이 자연스럽게 고개를 돌린 무토가 나를 쳐다봤다.

"염색에 대한 답례는 괜찮아요."

의중을 알 수 없다는 얼굴로 나를 찬찬히 훑어보던 무토는 주머니 속을 헤집던 손을 머뭇거리며 뺐다. 도움의 대가를 치르지 못해 영 찝찝한 표정을 한 그의 모습에서 이전에 없던 연민과 동질감이 피어올랐다.

"대신, 이름으로 불러도 돼요? 어차피 우리는 성장 속도가 다르다면서요."

말해놓고도 조금 뻘쭘해서 '아니면 오빠라고 부르고요'라고 하려는데, 그가 먼저 흔쾌히 고개를 끄덕였다. 덕분에 어깨가 올라

가고 절로 웃음이 났다.

"이만 가볼게요. 늦으면 엄마가 걱정해서요. 또 봐요, 무토."

인사를 마치고 가벼운 발걸음으로 수족관을 나섰다. 집에 가는 길에 소매 끝에 묻은 검은 동그라미가 보였다. 비닐장갑을 잘 낀다고 꼈는데도 염색약이 튄 모양이다. 평소라면 인상부터 썼겠지만, 이번만큼은 마냥 싫지 않았다.

무토가 말했던 성년식처럼 서로 색을 나눈 기분이었다. 그도 그렇게 생각해 줬으면 좋겠다는 마음이 들었다. 노을이 적신 하늘보다도 진한 색감이 하루를 물들였다.

7.

감정 구슬

"안녕."

깜짝 놀랐다. 아침에, 그것도 등굣길에 무토를 만날 거라곤 상상도 못 했으니까. 토끼 귀도 없고, 검은 머리에 단정한 교복 차림. 어디서 구한 건지 책가방까지 메고 있으니 무토는 평범한 학생으로 보였다.

"기다렸어. 너랑 같이 가려고."

"어딜요?"

"학교."

당연한 걸 왜 묻냐는 듯한 당당함에 어리둥절할 따름이었다. 학교 쪽으로 발을 돌리며 그가 말했다.

"무리에 섞여 있는 편이 더 자연스럽잖아."

그게 나를 기다린 이유였을까. 그러니까 혼자 등교하는 것보다 나랑 친구처럼 들어가는 편이 더 들키지 않으니까 같이 가자는 뜻이었다.

"절 이용한단 소리네요?"

고개를 끄덕인 그의 얼굴에서는 조금의 망설임이나 미안함 같은 건 찾아볼 수 없었다. 당혹스러우라고 한 말인데 꿈쩍도 안 하네. 고등학교 들어와서 누구랑 같이 등교해 본 적이 없어서 무토와 나란히 학교로 걸어가는 게 조금은 어색했다.

"학교 가면 바로 그 귀신 잡으러 가요?"

"일단 찾아봐야지. 어떤 감정에 영향을 받아 동화되었을지 모르니까. 숨어 있을 가능성도 크고."

"숨어요? 잡으러 오는 거 알고 있는 거예요?"

"눈물 특징이야. 마음속에서도 깊고 습한 곳을 좋아하니까."

잡담을 나누며 걷다 보니 어느새 학교 정문이 보였다. 선생님이 교문 앞에서 무토를 잡고, 누구냐고 질타하는 상상에 심장이 두근댔다.

"안녕하세요."

걱정과는 다르게 무토의 인사에도 선생님은 "그래." 하고 짧게 답하며 입을 크게 벌려 하품하는 게 전부였다. 무사히 학교에 들어온 무토는 다음에 보자는 말과 함께 길을 달리했다. 어디 가는 거냐고 물어보려다 알아서 잘하겠지 싶어 평소처럼 교실로 향하는데 누군가 뒤에서 나를 와락 껴안았다.

"나 지금 다 봤어."

미래였다. 꼭 붙어서 귀에 속삭이는 탓에 간지러워서 소스라치는데도 미래는 나를 놓아주지 않았다.

"누구야? 1학년은 아닌 거 같던데."

"으아, 잠깐만. 나 소름 돋았어."

"말해. 너 남자 친구 생겼지?"

목소리에 가득 담긴 장난기 때문에 미래가 음흉한 미소를 짓고 있다는 걸 단번에 눈치챌 수 있었다.

"아니야, 진짜 아니야."

"그럼 누구야?"

"있어, 그냥…."

"그냥 뭐?"

"그냥, 그냥."

"오호, 한유리 씨. 묵비권?"

미래가 일부러 내 목덜미에 바람을 불어넣자, 전기가 통한 것처럼 몸이 움츠러들었다.

"악! 나 죽어, 잠깐만, 잠깐만!"

힘껏 바둥거려도 미래의 입김은 더욱 세질 뿐이었다. 괴로움에 몸부림치다 손으로 주머니를 퍽퍽 두들겼다. 천둥처럼 큰 소리가 울려 아차 싶었지만, 이미 늦은 뒤였다.

"누구긴 누구야? 난 모르는 일이야!"

스르륵 나를 잡고 있던 미래의 손에서 힘이 빠졌다. 간지러움에 숨을 헉헉대며 조심스럽게 미래를 살폈다. 역시나 방금까지 무슨 일을 하고 있었는지 몰라 아리송해 보였다. 동전이 작동한 게 분명했다.

"세 번까지라고 했는데."

주머니에 있던 동전을 꺼내 보자 노랗게 반짝이던 모습은 온데간데없이 탁하게 변해 있었다. 동전 안에 새겨진 장발의 남자는 주저앉아 있었고, 지팡이처럼 쥐고 있던 칼은 부러진 채 남자 옆에 버려져 있었다. 딱 봐도 '더는 못 써요' 하는 상태였다. 마지막 기회가 허투루 날아가긴 했지만, 원망할 마음은 없었기에 미소를 지으며 미래와 함께 교실로 들어갔다.

시계의 짧은 침이 지루한 언덕을 넘어 마침내 모든 수업이 끝났음을 선언했다. 금요일은 특히나 하교 준비가 분주하다. 학원에 가는 애들이 많아서 그런 것도 있고, 반대로 주말을 마음껏 불태우기 위해 놀러 가는 애들이 많아서도 그랬다. 마음 같아서는 후자에 속하고 싶지만, 학원 갈 준비로 바쁜 미래를 교훈 삼아 동아리방에서 연습이라도 할 계획이다.

"짝 없는 애 한 명 더 왔네."

동아리방에 도착하자 먼저 온 2학년 선배가 나를 발견하곤 웃으며 말했다. 동아리방에는 2학년 선배 한 명 말고도 1학년인 민우와 찬혁이, 수진이가 보였다.

"그럼 다들 고생해."

2학년 선배는 그렇게 말하곤 슥 동아리방을 떠났다. 방과 후 얼마 되지도 않았는데 벌써 가는 게 이상하다고 생각한 내 마음을 읽었는지 민우가 설명을 보태줬다.

"짐만 가지러 온 거래."

푹 내쉰 한숨과 함께 기운까지 뱉어낸 듯한 목소리로 수진이가 말했다.

"요즘 선배들 보기 어렵네."

"선배들 전부 지난달부터 같은 학원 다니잖아."

찬혁이의 대답이 영 마음에 들지 않은지 수진이가 퉁명스럽게 말을 이었다.

"혜은 언니는 그래도 자주 올 줄 알았지. 언니 안 오니까 다른 애들도 잘 안 나오는 거 같아. 이러다 동아리 없어지는 거 아니야?"

"오늘 금요일이라서 그렇지. 월요일엔 다 모이잖아."

투덜대는 수진이를 달래듯 부드럽게 말하는 찬혁이의 모습 뒤로 둘이 늦은 시간 함께 있다가 귀신을 봤다는 게 수상하다던 미래의 말이 떠올랐다. 진짜 사귀기라도 하나?

"넌 오늘 연습할 거지?"

민우가 나를 보며 물었다. 수진이랑 찬혁이가 짝이니까 합을 맞춘다면 자연스럽게 남은 건 민우뿐이었기에 고개를 끄덕였다.

"선생님께 솔직히 말해. 시험 전에 답안지 본 거."

민우가 이를 악물고 화를 억누르며 말했다. 이전에 둘이 맞춰봤을 때와 달리 민우가 대사를 거의 외우고 있어서 한층 연기가 자연스러웠다.

"내가 왜? 정의로운 척 좀 하지 마. 너도 그냥 배알 꼴려서 이러는 거잖아."

마지막 부분이다. 답안지를 본 학생은 친구의 회유에도 뻔뻔하게 굴고, 친구는 크게 실망하며 선생님께 알릴 거라 경고하며 떠나는 것까지가 이번 2인극의 내용이다. 그래야 하는데 민우가 대본과는 다른 말을 뱉었다.

"아니야."

아니긴 뭐가 아니야? 행동, 괄호 열고 '실망한 기색이 역력하게' 괄호 닫고. 대사, '너 이딴 놈이었어?' 이거잖아. 또 까먹었나.

"솔직한 게 얼마나 어려운 건 줄 알아."

민우가 갑작스레 애드리브를 쳤다. 하지만 받아주기엔 대사와 상황이 영 반대였다. 지금은 싸움이 더 커져야 하는데 너무 달래는 투였다. 내가 눈짓을 줘도 민우가 기행을 이었다.

"안다고. 나도 솔직해지려고 노력하고 있으니까."

난 네가 지금 왜 이러는지 모르겠어. 어떻게든 원래 상황으로 진행할 수 있도록 맞춰볼 요량으로 답했다.

"관심 없어, 무슨 노력하는지. 그러니까 너도 관심 좀 꺼. 내버려 두라고."

입을 꾹 다문 민우의 얼굴에 실망한 기색이 나타났다. '대본이 떠오른 걸까?' 하고 기대했지만, 끝내 다음 대사까지 잇지 못해 결국 내가 다시 입을 열었다.

"마지막 부분 헷갈려? 다시 해볼래?"

"아니."

뭐지, 자존심 부리는 건가. 대사는 자기가 까먹었으면서 심술은. 민우는 하고 싶은 말이라도 있는 것처럼 나를 빤히 바라봤다.

"끝났어?"

찬혁이와 수진이가 슬슬 돌아갈 모양인지 다가와 말을 붙였다. 떨떠름한 얼굴로 고개를 끄덕이는 민우를 보며 수진이가 입꼬리를 당겼다.

"전학생 없었으면 원래 둘이 짝이었지?"

"그치."

내게 시선을 돌린 수진이가 입이 근질근질한 표정으로 물었다.

"전학생은 어때?"

넌 네 거나 신경 쓰라던 서초롬의 까칠한 모습이 떠올라 애매한 얼굴로 쓴웃음만 지었다. 내 반응에 '그럼, 그렇지.'라는 듯 끄덕이는 수진이도 월요일 독백 연기 후 강당에서 있던 일 때문인지 전학생을 좋게 생각하는 것 같진 않았다.

"걔 전에 있던 학교에 내 친구의 친구가 있어서 물어보니까 거기서도 유명하더라."

내 귀가 무토처럼 길었다면 분명 방금 씰룩 움직였을 테다. 은밀한 이야기를 속삭이듯 목소리를 낮춘 수진이가 손으로 입을 반쯤 가렸다.

"걔 남의 비밀 가지고 장난치는 거 좋아한대. 퍽 하면 이간질하고. 전학도 그런 거로 문제 터져서 거의 쫓겨나다시피 온 거래."

"에이, 혜은 누나랑 알던 사이라며. 그랬으면 동아리 못 들어왔겠지."

설마 하며 웃는 찬혁이에게 수진이가 한층 단호하게 반박했다.

"혜은 언니도 그냥 아는 사이지 친한 건 아닐걸? 그리고 이간질 잘하는 애들이 원래 사람 가려가면서 교묘하게 행동하잖아. 월요일에 못 봤어? 선배들 다 가니까 '너넨 별로야.' 바로 그러잖아."

소문이라고 치부하기에는 전학생이 보여준 태도가 강렬하긴 했다. 정말 그런 애면 어떡하지 식은땀이 났다. 피자집에서 마주친 일은 이제 신경 안 써도 되겠지 싶다가도 이런 이야기를 듣고 나면 괜히 또 마음에 걸렸다.

"어쨌든 너네도 조심해."

수진이를 제외한 셋은 따로 답하진 않았지만, 무언으로 수진의 말을 긍정했다.

스마트폰으로 시간을 확인하며 이만 가자고 말하는 수진이에게 볼일이 있어서 먼저 가라고 답했다. 민우는 더 남아 있으려는 눈치였지만, 같이 게임 하기로 한 거 잊었냐는 찬혁이의 호소에 마지못해 강당을 나섰다.

"잘 해결했으려나."

무토에게 연락이라도 해보려고 스마트폰을 열었다가 연락처가 없다는 걸 깨닫고 혀를 찼다. 하긴 폰이라고 있으려나. 혹시나 해빈 강당에서 그의 이름을 불러봤다. 처음엔 누가 들을까 작게, 무토…. 그다음은 떨어진 친구를 부르듯 크게, 무토. 마지막은 복부에 힘을 주고, 무토!

거짓말처럼 강당의 문이 끼이익 열리기 시작했다. 설마 하는 마음이 잠깐 들었으나, 뭘 놓고 간 친구거나 지나가던 경비 아저씨일 가능성이 크다고 생각하니 민망해졌다. 연기 연습 중이라며 둘러댈 생각이었는데 곧 말문이 막혔다.

"마…알, 해."

소름이 끼치는 목소리였다. 문을 밀고 들어오는 건 친구도 경비 아저씨도 아니었다. 끈적끈적한 액체를 뚝뚝 흘리는 무언가가 문 앞에 서 있었다. 찐득한 젤리 속에다가 사람을 완전히 담가서 피부가 파랗게 질릴 때까지 내버려둔다면 저런 끔찍한 모습이지 않을까. 눈동자 없이 구덩이만 남은 무언가가 나를 향했다. 주름 하나 없는 입술이 뻐끔댔다.

"말…해."

강당 커튼 뒤에서 봤던 괴물이었다. 도망쳐야 한다. 하지만 어디로? 유일한 출입구에는 그것이 떡하니 버티고 있었다. 철퍽, 무겁게 떨어지는 액체 덩이가 그것의 발걸음에 맞춰 내 심장을 뜀박질하게 했다. 이전에 본 슬라임 귀신과 달리 빠르게 달려드는 그것을 보자 맹수를 마주한 것처럼 다리에 힘이 풀려버렸다.

"말해, 말해, 말해."

파도가 들이닥치듯 그것이 나를 덮쳐 위에서 짓눌렀다. 물컹한 액체로 이루어진 그것의 팔이 내 목과 얼굴을 집어삼켰다. 물에 빠진 것처럼 숨을 쉴 수 없었다. 안간힘을 쓰며 밀어내고 버둥거려도 그것은 물러날 기미가 없었다.

괴롭다. 산소 공급이 차단된 폐가 비상등을 켜며 경고를 알렸지만, 얼굴을 감싼 액체덩이 속에서는 입을 아무리 벌려도 목이 꽉 막혔다. 점차 몽롱해지는 머리를 따라 천장에 붙은 전구가 몇 차례 깜박이면서 시야가 점등했다. 손과 발에도 힘이 빠져 저항하던 몸짓도 꺼져갔다.

의식이 흐려진다. 옛날에도 이런 적이 있었는데. 이렇게 숨쉬기가 괴로웠던 적. 언제였더라? 그때도 참 답답했다. 아니, 따뜻했나. 아, 맞아. 기억났다. 이걸 어떻게 까먹었지. 아빠 품이었다. 격렬히 춤추는 불길이 연신 기침하며 쾌쾌한 검은 연기를 토해냈다. 나를 꼭 안은 아빠가 베란다 문을 열었다. 볼에 닿는 찬바람이 어찌나 반갑던지.

'괜찮아.'

아빠가 말했다. 괜찮다고. 아빠는 그 말을 증명이라도 하려는 듯 내 이마에 입을 맞추고 웃었다. 아빠의 품은 컸다. 그리고 포근했다. 뜨거운 열기가 무섭지 않을 만큼, 차가운 바람이 괴롭지 않을 만큼. 귀를 때리는 소리가 공기가 갈라지는 소리란 걸 그때는 몰랐다. 쿵. 사이렌 소리가 더 가까이서 시끄럽게 울렸다. 아빠, 아

빠, 아빠.

"콜록, 콜록. 우엑."

정신을 차리니 찐득한 액체는 강당의 끝자락까지 날아가 바닥을 뒹굴고 있었다. 자유로워진 입이 불규칙하고 다급하게 숨을 빨아들이고 뱉어내느라 정신이 없었다.

"물고 있어."

어느새 나타난 무토가 수영할 때 쓰는 스노클을 내게 내밀었다. 헐떡이느라 정신이 없어 입에 뭘 대는 건 무리였다. 힘들다고 손짓하는 나를 무시하고 그가 스노클을 내 입에 가져왔다. 어쩔 도리 없이 스노클을 입에 무는 순간 폐에서 느껴지던 통증이 사라졌다. 산소통이랑 연결된 것도 아닌데 산 정상에서 마시는 공기보다도 상쾌한 바람이 몰려들었다. 덕분에 헐떡이던 숨이 차츰 진정됐다.

"말해, 말해, 말해!"

바닥을 뒹굴고 있던 그것이 부글부글 끓더니 공중으로 떠올랐다. 아지랑이처럼 비틀리는 그것이 백상아리 모양으로 변하며 날카로운 이빨을 번뜩였다. 성인 남성 하나쯤은 한입에 삼킬 정도로 커다랬다.

"너무 커져버렸어."

물어뜯으려 날아드는 그것을 보면서도 무토는 눈 하나 깜짝하지 않았다. 다만 그는 품에서 돌멩이 하나를 꺼내 분수대에 소원을 빌듯이 가볍게 던졌다. 물수제비를 뜨듯 허공에서 몇 차례 튀기던 돌멩이가 괴물 앞쪽에 멈춰 섰다.

끄드득, 쇠가 찌그러지며 비명처럼 높고 괴기한 소리가 터져 나왔다. 브레이크가 고장 난 트럭 같은 기세로 매섭게 헤엄치던 백상아리가 그 손바닥만 한 돌멩이를 뚫지 못하고 버둥거리고 있었다.

"눈물 젖은 빵."

주문처럼 외는 무토의 말에 그게 돌멩이가 아니라 빵이란 걸 알았다. 무토가 허공에 정지해 있는 백상아리의 몸에 손을 댔다. 그러자 마치 물이 담긴 수조에 손을 담그는 것처럼 백상아리의 몸에 손이 쑥 끌려 들어갔다.

"열 길 물속을 헤듯, 한 길 사람 속을 헤아리길."

또 한 번 주문을 읊는 무토의 목소리가 얼굴에 헬멧을 쓰고 말하는 것처럼 웅웅 울렸다. 무토의 말이 끝나기 무섭게 백상아리가 요동치며 무너져 갔다. "말해, 말해!" 비명을 지르면서도 물줄기로 나눠진 몸이 공중에서 동그란 원을 그리다 무토의 손안으로 빨려 들어갔다. 그것이 완전히 분해되었을 때 그의 손에는 작고 투명한 구슬 하나가 남았다.

"이게 귀신 퇴마랑 뭐가 달라."

스노클을 입에서 빼며 놀란 가슴을 진정시키려 애썼다. 무토가 손에 든 구슬을 내게 보여줬다. 구슬치기 할 때 쓰는 구슬만큼 작앉지만, 자세히 들여다보니 안에선 상어가 헤엄치고 있었다.

"왜 이제 와요? 죽을 뻔했네."

"깊숙한 곳까지 찾아도 발견할 수 없었어."

놀란 만큼, 불만 섞인 목소리로 무토에게 핀잔을 주었다.

"그렇게 찾기 어려운데, 저한텐 왜 툭하면 나와요?"

"이 감정은 너를 노리고 있었어. 아마 너를 깊이 생각하는 사람의 감정에 붙어 성장했을 거야."

"그게 누군데요?"

"직접 찾아보기 전까지는 알 수 없어."

찝찝한 의문이 이어졌지만, 지금은 지쳤다. 가능하다면 앞으로 이런 일에는 연관되고 싶지도 않았다. 목을 꽉 막고 있던 이물감이 아직도 입안에서 느껴져 불쾌했다.

"으으, 어쨌든 이제 다 끝난 거죠?"

구슬 안을 유심히 살피던 무토가 시선을 내게 옮기며 차분하게 말했다.

"전부가 아니야."

"네?"

"아직 남아 있어."

불길한 예감이 들어 조심스럽게 "설마, 아니죠?" 물으며 눈치를 살폈다. 대답 없이 빤히 눈을 마주쳐 오는 무토는 막연한 불안을

7. 감정 구슬

확실한 불안으로 바꾸고 있었다.

"아직 이 학교에 돌아다니는 눈물이 있을 거야."

저런 게 또 있다고? 하기 싫다. 만나기 싫다. 강하게 고개를 젓다 문득 떠올랐다.

"로그 귀신."

민우랑 같이 있을 때 봤던 슬라임 덩어리들. 손가락을 높게 쳐들며 무토에게 다급하게 말했다.

"여기 천장에서 봤어요. 지금 빨리 잡아줘요."

뭐가 또 떨어질까 싶어 얼른 무토 옆에 찰싹 붙었다. 천장을 유심히 살피던 무토는 시선을 떨구며 암울한 답을 냈다.

"지금은 없어. 아마 숨었겠지."

"그럼 빨리 찾아봐요."

"찾을 수 있다면 이미 그렇게 했을 거야. 찾기보단 끌어내야 해."

"어떻게요?"

"지난번에 본 적 있다고 했지? 너라면 끌어낼 수 있을 거야."

나보고 또 미끼가 되라는 말이었다. 슬라임 귀신인지, 로그 귀신인지는 몰라도 확실히 방금 귀신보다는 나은 편이었다. 하지만 어디까지나 비교했을 때 이야기지 소름 돋는 건 오십보백보였다.

"이거 받아."

무토가 손에 쥔 구슬을 파란색 복주머니에 넣고는 내게 내밀었다. 주머니 안에는 구슬 말고도 연초록색 액체가 담긴 유리병이 들어 있었다. 딱 한 번 눈물을 흘리고 싶을 때 마음대로 흘릴 수 있게 해주는 음료였다.

"눈물 마음대로 약은 좋은데, 상어 구슬은 왜 저한테 줘요?"

"더는 새끼 물고기가 아니야. 이건 이제 진짜 감정이라고 부를 만할 정도로 커버렸어. 주인 없는 눈물과는 달라. 가둬놓을 수 있는 것도 잠깐이야. 이대로 두면 다시 폭주할 거라, 누구의 감정에 붙어 자랐는지는 모르지만 돌려줘야 해."

"그러니까 이걸 왜 저한테 줘요?"

"말했잖아. 너를 깊이 생각하는 사람의 것이라고. 네 주위 사람 중 한 명일 거야."

"그게 누군지 모른다면서요."

"그 사람이 같은 감정을 품으면 이 구슬이 반응할 거야."

구슬 안에 있는 상어는 나와 눈이 마주치자마자 발버둥을 치는 것처럼 역동적으로 몸을 움직였다. 가지고 있어서 좋을 게 하나 없어 보였다. 도로 돌려주려는데 무토가 어디서 꺼낸 건지 리본으로 예쁘게 포장된 과자 하나를 내밀었다.

"힘들었지? 이건 별도로 주는 선물이야."

로봇이 어설프게 감정을 흉내 내는 모습과 흡사했다. 수상하기 짝이 없는 과자가 뭔지 알고 내가 먹겠냐고. 의심을 꾹꾹 눌러 담은 눈빛으로 쏘아보자, 그가 손에 쥔 걸 까서 입에 넣고는 오물오물 씹었다. 그러곤 똑같은 걸 하나 더 꺼내 내밀었다.

"다른 효과는 없어. 오로지 맛을 위해 만들어진 눈물토끼표 특산품이야."

그의 입가에서 풍기는 향이 너무 달콤해서 못 이기는 척 포장을 뜯어 입에 넣었다.

"주셔서 감사하긴 한데요. 더는 돕기 힘들 거 같아요. 저 방금 죽을 뻔한 거 아시죠? 죄송한데…. 음."

낯설면서도 익숙한, 익숙하면서도 낯선. 오묘한 향기가 아련하면서도 포근했다. 뭐라고 단정하기 어려우면서도, 어떻게라도 설명해 본다면 '맛있다'라는 단어가 실물로 형상화되어 혀에서 뛰어노는 맛이다.

"안에 든 거 과일이에요?"

"비슷해. 별자리 눈동자라고 줄 서서 기다려도 구하기 힘든 재료야."

"이거, 진짜. 하, 음. 맛있네요."

꼴깍, 입안에서 춤추던 '맛있다'가 미끄럼틀 타며 목 뒤로 넘어갔다. 이게 신비한 도구가 넘치는 곳에서 '맛'만을 연구해 만든 과자라는 건가. 일리가 있는 맛이었다. 어쩌면 효과를 제대로 밝혀내지 못했을 뿐이지 '절로 미소가 지어지는 과자' 같은 이름이 붙을지도 모르겠다고 생각될 정도로 또 먹고 싶었다. 자연스럽게 그에게 손을 뻗으며 어물쩍 추가분을 요구했다.

"더 주고 싶지만, 하늘에서도 구하기 어려운 과자라 몇 개 가지고 있지 않아. 날 도와준다면 원래 주기로 한 답례에 더해 이 과자도 함께 줄게."

"제가 앤 줄 알아요? 먹을 거로 꾄다고⋯."

말과는 달리 그가 내 손에 느릿하게 과자를 하나 더 올려주며 주먹을 말아 잡았다.

"너만 할 수 있는 일이야. 부탁할게."

꽤 진중한 얼굴과 목소리로 그가 내게 호소했다. 반쯤 장난 같던 분위기가 갑자기 무거워진 탓에 딱 잘라 거절하기가 어려웠다.

"도와줘."

절대 과자 때문만은 아니다. 답례도 받을 거고, 나밖에 못 한다니까. 그리고 남을 돕는 게 꼭 싫은 일은 아니었다.

"어쩔 수 없죠. 알겠어요."

주먹을 펼쳐 과자 봉투를 뜯고 깊은 달콤함을 한 번 더 입에 담았다.

무토가 손안에 든 별자리 눈동자를 가만히 쳐다봤다. 별자리라는 면에서도, 눈동자라는 면에서도 반짝이는 모양새가 순수한 심성을 잘 담아냈다. 어린아이와 눈을 맞추는 기분도 들어 무토는 마음에 걸리는 생각을 쉽게 털어내지 못했다. 유리에겐 별도로 주는 선물이라곤 했지만, 사실은 조금 미안해서였다.

'그렇게 찾기 어려운데, 저한텐 왜 툭하면 나와요?'

대답한 대로 누군가 유리를 깊이 생각하는 마음에 눈물이 반응했기 때문이다. 하지만 그렇다면 왜? 학교에 많고 많은 사람이 있는데, 왜 그중 유리와 연관된 마음에 반응했을까.

어쩌면 그 이유가 자기에게 있는 건 아닐까 무토는 추측했다. 주인이 없는 눈물은 목적이 없다. 그렇기에 곁에 있는 무언가에 반응한다. 눈물을 유출한 날, 무토는 무의식적으로 눈물을 참던 소녀를 떠올렸고, 눈물은 유리가 다니는 청울고등학교에 쏟아졌다.

유독 빠르게 성장한 눈물이 유리와 연관된 감정이라는 건 우연이 아닐지도 몰랐다. 이 가정이 사실이라면 남은 눈물도 유리와 연관이 있는 감정에 동화되었을 가능성이 컸다. 무토가 진지하게 도와달라고 한 이유도 그래서였다.

8.
숨겨진 교훈

길고 긴 하루를 마치고 집에 돌아왔다. 현관 옆 거울 안에 비친 과자 가루를 입가에 잔뜩 묻힌 자신을 보자, 도와주겠다고 한 게 뒤늦게 후회스러웠지만 어쩌겠는가. 까짓것 해야지.

"다녀왔습니다."

"유리야."

방에 들어가 두 발 뻗고 편히 누워 있으려는 계획이 틀어졌다. 엄마는 평소에 나를 그냥 '딸'이라고 부른다. 이름을 부를 때는 꼭 사유가 있었다. 방문을 잡고 빼꼼 얼굴만 빼서 엄마를 바라봤다.

"응?"

"내일 뭐 하니?"

설탕보다 달콤한 상냥함이 버무려진 말투는 엄마가 부탁이 있을 때만 사용한다. 보통이면 알면서도 넘어가는 편이지만, 최근에 그랬다가 피자집에 가게 된 게 떠올라 선뜻 대꾸하기가 꺼려졌다.

"이번 주는 공부하려고. 미래랑."

사실은 남은 눈물을 회수하기 위해 무토와 학교에 갈 계획이다.

"그래?"

방긋 웃음을 짓는 엄마를 따라 방긋 미소를 지으며 "응." 하고 답했다.

"그럼 다음 주 화요일에는?"

"화요일? 학교 가야지."

동아리 때문에 그날도 늦을 거라는 핑계를 이을 생각이었는데, 놓친 수가 있었다. 엄마는 내가 깜박한 그 수를 빈틈없이 찔렀다.

"5월 20일, 개교기념일이라 학교 안 가잖아."

"아."

"그날 같이 놀러 갈래? 엄마 미용실도 쉴 건데."

"어디로?"

"영화 보러 가자. 카페도 가고, 맛있는 저녁도 먹고."

"둘이?"

대답이 없다. 모호한 표정. '음' 하고 숨을 고르는 모습이 아저씨도 동행할 거라는 뜻을 전했다. 교복 주머니에 있는 동전을 여러 차례 두드려도 사용 횟수를 다한 새침데기 왕자는 반응이 없었다.

"어때?"

'싫어'라는 말이 턱까지 차올랐지만 뱉을 수는 없었다. 엄마도 오랜 시간 혼자였으니까. 분명 어렵게 꺼낸 말일 텐데. 나만 조금 참으면 되는 거니까.

"알겠어."

대답을 듣자마자 엄마의 얼굴이 밝아졌다. "재밌겠다." 마음에도 없는 소리를 뱉으며 방 안으로 들어와 억지로 웃느라 땅긴 얼굴을 풀어줬다. 지쳤다. 옷도 갈아입지 않은 채 침대에 누워 소란스러운 마음이 조용해지길 기다렸다.

⁓⁓⁓

5월 중순의 하늘은 가을만큼 높진 않았지만, 새파랗다는 점은 둘째라면 서러웠다. 돛단배처럼 나긋하게 떠다니는 구름이 날씨가 얼마나 선선한지 귀띔했다. 바람을 따라 자연히 콧노래를 흥얼거리다 어제 엄마가 꺼낸 말이 떠올라 노래가 한숨으로 끝났다. 이제 와 고민한다고 달라지는 건 없기에, 우선은 지금에 집중하기로 했다.

수족관으로 가는 길목에서 무토를 발견했다. 그는 한 손에는 검은 봉투를, 나머지 한 손에는 길쭉한 집게를 들고 있었다.

"여기서 뭐 하세요?"

"청소."

말 그대로였다. 무토는 길거리에 버려진 담배꽁초나 음료 캔을 집어 봉투에 담았다. 커다란 봉투는 벌써 가득 찰 정도로 쓰레기가 넘쳤다.

"오늘 같이 학교 가기로 했잖아요."

"응. 이제 다 끝났어."

무토가 쓰레기가 가득 찬 봉투를 양손으로 질끈 묶었다.

"근데 청소는 갑자기 왜요? 혹시 이것도 눈물이랑 관련 있어요?"

"아니."

"그럼요?"

"습관이야."

청소가 습관이라니, 자기 방을 청소하는 거면 몰라도 이렇게 거리까지 나와 청소하는 모습은 조금 의외여서 다시 보게 됐다. 평소 나뒹구는 쓰레기를 어렵지 않게 볼 수 있던 도로가 오늘은 무토 덕인지 깔끔했다.

깨끗한 모습에 감탄하는 와중, 저 끝에서 누군가 시끄럽게 통화

하며 걸어와 힐끗 보더니 다 피운 담배를 땅에 던지고 모른 척 멀어졌다. 성큼성큼 다가가는 무토가 어떤 짓을 저지를까 식겁했으나, 그는 떨어진 담배를 집게로 몇 번 눌러 불을 완전히 끈 뒤 묶었던 봉투를 풀어 담을 뿐이었다.

무토의 눈치를 살피며 그에 옆에서 볼멘소리로 말했다.

"치우는 사람, 버리는 사람 따로 있는 것도 아니고. 기껏 치웠는데 너무하네요."

다시금 쓰레기봉투를 정돈하며 손을 바삐 움직이는 무토가 차분한 목소리로 답했다.

"불편하고 더러워지는 것들을 직접 처리하는 것보단 외면하고 버리는 쪽이 쉬우니까."

"쉽다고 그렇게 막 버리면 되나요. 자기 건 자기가 처리해야지."

길가에 남은 쓰레기가 없는지 살피던 그가 내 말에 몸을 돌려 눈을 맞췄다.

"정말 그렇게 생각해?"

"그야, 당연히…."

고개를 끄덕이려는 찰나, 예기치 못한 소나기처럼 쩌렁쩌렁한 아이의 울음소리가 쏟아졌다. 문구점 앞쪽에서 엉덩이를 바닥에 깔고 버둥거리는 아이가 소리의 주인이었다. 아이의 엄마는 단호한 목소리로 말했다.

"뚝. 이제 애기 아니지? 다 컸는데 이런 거로 울면 안 돼."

아이가 가지고 싶은 물건이 있는데 엄마가 사주지 않아 울고 있는 것 같았다. 어렸을 때 저러다 혼난 기억이 떠올라 피식 웃음이 났다.

"저희 엄마도 저 떼쓰면 딱 저렇게 말했었는데."

"최근에?"

"아니요, 당연히 옛날이죠. 유치원 다닐 때요."

"그 정도면 다 큰 거야?"

"네?"

"언제면 다 커서 울지 못하는 거야?"

따지고 보면 지금 우는 아이도 갓난아기라고는 말할 순 없지만, 다 컸다고 치부해 버리기엔 기껏해야 초등학교 저학년 정도로 보였다. 아마 초등학교 4학년이 되면, 이제 저학년이 아니니까 울지 말라는 소리를 듣겠지. 중학교에 가면 중학생인 대로 또 다 컸다는 소리를 들을 테고.

"왜 다 크면 울지 못하는 거야?"

앞선 질문에 대한 답도 찾지 못했는데 무토가 또 한 번 질문을 던졌다. 왤까? 왜 크면 울면 안 되지. 그런 건 깊이 생각해 본 적이 없다. 당연했으니까. 슬프다고 우는 건 어리고 미숙한 거니까. 남 앞에서 그런 모습을 보이는 건 부끄러운 일이니까.

무토는 대답을 기다리는 대신 묵묵히 쓰레기가 담긴 봉투를 든 채 수족관으로 향했다. 봉투를 정리하고 함께 학교에 가는 길에도 무토는 유독 말이 없었다.

⚜

자율학습을 위해 학교에 나온 학생들도 있지만, 평일에 비하면 토요일은 확실히 한적했다. 잠겨 있지 않은 강당 문을 열고 들어가 무대에 걸터앉았다. 무토가 내 옆에 섰다.

"여기서 동그란 귀신을 봤어요. 그것도 잔뜩. 박쥐처럼 천장에 매달려 있었죠."

돌아다녀도 찾을 수 없다는 결론을 내린 무토가 선택한 방법은 기다리기였다.

"가능한 비슷한 상황을 만들어야 해. 뭘 하고 있었어?"

"동아리 친구랑 연기 연습하다가 지쳐서 쉬고 있었어요. 잡담하면서."

"무슨 잡담?"

"음, 특별한 건 없었어요. 그냥 무슨 과목 좋아하냐, 왜 좋아하냐, 그런 거요."

무토에게도 똑같이 물어보려다 관뒀다. 그가 똑같이 수학이나 과학 같은 과목을 배웠는지도 모르고, 괜히 성년식과 더불어 그의 아픈 부분을 건드리게 될까 봐 주저됐다. 될 수 있으면 그가 성년이 된 이후의 이야기를 할 수 있도록 주제를 돌렸다.

"눈물이 유출됐다고 했잖아요. 사고라도 난 거예요?"

"내가 유출한 거야. 그 책임으로 눈물을 찾으러 온 거고."

"실수했어요?"

"아니. 고의였어."

무토의 입술이 무겁게 닫혔다. 이번에도 꽝을 뽑은 건가. 조금은 가까워졌다고 생각했는데, 오늘 아침에도 그렇고 대체 무슨 생각을 하는지 알기 어려웠다.

"묻고 싶은 게 있어."

잡담을 잇기 위해서였을까, 무토가 갑작스레 질문을 던져왔다.

"내가 준 음료가 왜 필요해?"

눈물을 마음대로 흘릴 수 있게 해주는 음료에 대한 물음이었다. 조금 당혹스러웠다. 내게 어떤 문제가 생겼는지 알고 음료를 먼저 제시했던 게 자기면서. 갑자기 왜 필요하냐니.

"네 수조에는 이미 많은 눈물이 있어. 그것도 오래된 것들이. 울고 싶으면 그걸 꺼내 쓰면 되잖아."

"물건도 아니고 눈물을 어떻게 꺼내 써요?"

"네가 외면하고 있는 감정들이 있잖아."

어떠한 사건을 특정한 것도 아닌데 오래됐다는 말과 외면했다는 말이 버무려져 매캐한 기억을 들쑤셨다. 아빠와 관련된 기억이었다. 불편한 마음이 자꾸만 시끄럽게 요동쳤다. 그날을 떠올리라는 속삭임이 내게 그날의 일을 설명하라는 압박처럼 들렸다. 아빠 이야기를 입에 담으려 할 때면 무척 예민해졌다. 몇몇 나쁜 경험은 지레짐작하는 습관을 만들곤 하니까. 초등학교 때 노골적으로 아빠에 관해 묻던 그 애가 원인일 것이다.

솔직히 이야기를 해봐야 좋은 결과를 얻지 못한다는 걸 알기에 대답을 둘러대기로 했다.

"연기로 우는 거랑 진짜로 우는 건 다르잖아요. 무대에서는 울더라도 집중해야 하는데 진짜로 울면 감정에 동요되잖아요. 대사 다 까먹을걸요."

"그럼 무대 밖에서는 왜 울지 않아?"

생각보다 집요한 물음이었다. 옅은 한숨을 삼켜내며 계속해서 답할 말을 찾았다.

"울어서 뭐 해요. 애도 아니고."

입 밖으로 튀쳐나온 말을 막상 다시 귀로 들으니, 아까 봤던 장면이 떠올라 헛웃음이 났다. 어린애한테 다 컸으니까 울지 말라던 아이 엄마랑 뭐가 다를까.

"운다고 문제가 해결되는 건 아니잖아요. 괜히 약해 보이고."

가만히 서 있던 그가 몸을 낮춰 내 옆에 나란히 앉았다. 잠시 침묵을 지키던 무토가 고심해서 단어를 골라내며 섬세하게 입을 움직였다.

"눈물에는 많은 감정이 살아."

"그러니까요. 사실은 약해 보이는 게 아니라 약한 거죠. 근데 울면 약한 거 남들도 다 알게 돼버리잖아요."

가볍게 시작한 말이었는데, 하다 보니 착잡한 감정이 진해져 원망 섞인 목소리가 돼버렸다.

"모난 것 없이 완벽하면 좋을 텐데. 강하면 슬픔도 잘 안 느낄 거잖아요. 무토는 그런 적 없어요? 약한 자기 모습이 참 싫고, 짜증 나고 그런 적. 전 가끔 그래요."

가만히 내 이야기를 듣던 무토가 "그렇지." 하고 중얼거렸다.

"생명은 원래 약해. 인간도, 감정도."

감정을 생명이라고 말할 수 있나 반박하려다, 말해 귀신이 떠올라서 그 정도면 생명일지도 모른다는 생각이 들었다.

아닌가? 귀신은 생명이 아닌가? 죽었으니까. 아니지, 따지고 보면 진짜 귀신도 아닌데.

답하기 어려운 질문들이 머릿속에서 이어지자, 습관이라도 된 건지 자연스럽게 손이 주머니 속에 있는 동전으로 향했다. 주머니에서 꺼낸 동전을 무토에게 내밀며 물었다.

"이번에 동그란 귀신 잡으면 이거 하나 더 줄 수 있어요?"

그가 고개를 가로로 저으며 답했다.

"새침데기 왕자는 살면서 딱 한 개만 쓸 수 있어. 법으로 정해진 일이야."

살면서 딱 한 개라니. 갑자기 큰 기회를 놓친 것만 같아 아쉬움이 몰려왔다.

"몰래 더 쓰면 어떻게 되는데요?"

"새침데기 왕자처럼 되겠지."

"그게 뭔데요?"

"하늘에서 유명한 동화야."

어떤 내용인지 알 리 없는 내게 무토가 옛날이야기를 들려주듯 말했다.

"하루에 만들 수 있는 케이크 수가 정해져 있는 도마뱀 왕국이 있었어. 그 숫자가 딱 그곳에 사는 도마뱀들의 숫자와 일치해서, 도마뱀들은 매일 자신 몫의 케이크 하나를 먹을 수 있었지."

케이크를 그렇게 자주 먹으면 당뇨에 걸리지 않을까, 도마뱀이 케이크를 먹는다는 것부터가 터무니없으니 그러려니 했다.

"왕자는 불만스러웠어. 케이크를 더 먹고 싶었으니까. 그러던 어느 날 왕이 멀리 여행을 가게 된 거야. 왕자에겐 기회였지. 왕자는 왕이 자리를 비운 때를 틈타 신하의 케이크를 몰래 훔쳐 먹었어. 그리곤 시치미를 떼. '케이크? 난 모르는데.' 하면서."

동전을 사용할 때마다 우렁차게 울리던 소리가 귓가에 아른거렸다.

"한 번 성공한 왕자는 매일 같이 다른 도마뱀의 케이크를 훔쳐 먹으며 시치미를 뗐어."

"다른 도마뱀들은 몰랐어요?"

"당연히 알아챘지. 매일 반복됐으니까. 하지만 사실을 알아도 왕자에게 함부로 말할 수 있는 도마뱀은 없었어."

도마뱀의 삶도 만만치는 않구나.

"왕국을 떠났던 왕이 돌아왔을 때도 도마뱀들은 눈치를 보느라 왕에게 왕자의 행패를 말하지 못했어."

고구마가 잔뜩 목에 걸린 기분이다. 그저 이야기라는 걸 알면서도 혀가 절로 차졌다.

"하지만 왕은 왕자가 무슨 일을 벌였는지 단번에 눈치챘지."

"어떻게요?"

숨을 크게 들이마신 무토가 빵빵해진 배를 퉁퉁 두드리곤 숨을 뱉었다. 무슨 말인지 이해가 됐다.

"살쪘구나?"

"응. 왕이 떠나기 전과는 비교도 되지 않을 정도로 왕자는 뚱뚱해져 있었어."

"그래서 왕이 왕자를 꾸짖고 반성한다는 이야기겠네요."

"비슷해."

내 손에 있던 동전을 가져간 무토가 동전을 손가락 사이에서 뱅글뱅글 돌리며 말을 이었다.

"왕이 물었어. 왕자는 어디 가고 웬 욕심 많은 악어가 저기 앉은 거냐?"

도마뱀이 악어처럼 보이려면 대체 얼마나 케이크를 먹어야 하는 건가 싶어 실소가 흘렀다.

"왕자가 말했어. 아버지, 저 여기 있습니다. 왕이 답했어. 어디 포악한 악어가 나를 아버지라고 부르냐."

왕을 연기하는 무토의 목소리가 너무도 진지하고 엄해서 살짝 놀랐다.

"왕이 왕자를 손가락질하며 신하들 한 명, 한 명에게 물었어. 저 악한 것이 왕자로 보이는 녀석 있느냐? 그런 녀석이 있다면 당장 나와라."

역정을 내는 그는 한 손에 칼을 든 시늉을 했다.

"아무도 나서지 않았지. 내심 꼴좋다고 생각한 도마뱀도 있었어. 왕은 그렇게 왕자를 왕국에서 쫓아내 버려."

"자기 자식인데도 칼 같네요."

연기를 끝낸 무토가 어깨에 힘을 빼고 평소처럼 담백한 목소리로 돌아왔다.

"남의 것을 함부로 탐하지 말라는 게 이 동화의 교훈이야, 겉으론 그래. 하지만 이 동화를 만든 사람이 진짜 말하고 싶은 교훈은 따로 있어."

따로 교훈을 얻을 만한 게 있나? 곱씹어봐도 딱 이거다 하는 부분은 떠오르지 않았다.

"이 동화는 실화를 바탕으로 한 우화야. 동화를 만든 사람은 왕이고."

"왕이요? 그 방금 이야기 속 도마뱀 왕국 왕?"

"맞아. 실제 왕국의 권위에 해가 될까 봐 도마뱀 왕국이라는 가짜 배경을 사용한 거지. 동화에선 왕자를 쫓아냈다고 하지만 실제로는 사형 선고를 내렸대. 집행도 했고."

"네? 사형이요? 그래도 자기 아들이잖아요."

무토가 허공에 시선을 고정한 채 말을 이었다.

"이 동화를 만들어 널리 알리기로 한 건 왕이 많이 늙었을 때였어. 그는 죽기 전에 그런 말을 했어. 당시에는 자신이 완벽한 사람이라서, 정이나 연민에도 흔들리지 않는 대단한 사람이라고 자부했다고."

눈을 지그시 감았다 뜬 무토가 다시 천천히 입술을 열었다.

"하지만 세월이 지날수록 후회가 깊어졌대. 왕자에게 죄를 뉘우

칠 기회를 줬다면 어땠을까 하고. 잘못을 저지르긴 했지만, 실제로 왕자는 장난이 많고 밝아서 신하들을 많이 웃게 해줬다고 해."

부정적인 모습으로 마음속에 박혀 있던 왕자의 모습이 왜인지 불편하게 느껴졌다.

"사람은 누구나 실수하거나 잘못을 저지를 수 있어. 당연히 그에 대한 책임도 져야겠지. 하지만 남의 잘못과 처벌에만 관심을 두고, 자신은 남들과 다른 고결한 존재라는 착각에 빠지면 자신의 실수나 잘못도 못 보게 돼버려. 그런 점에서 타인을 냉담하게만 바라봐서는 안 된다는 게 왕이 남기고 싶었던 말이래."

무토의 손에서 춤추던 빛을 잃은 동전이 다시 내 손으로 넘어왔다.

"안에 남자가 그려져 있잖아. 그건 왕자가 아니라 실제 왕의 얼굴이래. 동화를 알리라는 명을 받고 그 왕국에서는 아직도 동전을 만들고 있어."

새침데기 왕자라는 이름의 동전에 새겨진 왕의 모습.

'남의 것을 함부로 탐하지 말라, 타인을 냉담하게만 바라봐선 안 된다.'

이야기를 들은 탓에 동전 속 주저앉아 있는 장발의 남자가 조금은 안타까워 보였다.

"결국, 두 교훈 다 남한테 상냥해지라는 뜻이네요."

9.

고장 난 수도꼭지

 토요일 자율학습이 끝나는 오후 4시까지 무토와 강당에 머물러도 큰 소득은 없었다. 민우와 이야기했을 때처럼 저녁까지 있어야 하는 건지, 아니면 정말 민우가 함께 있어야 하는 건지 몰라서 둘 다 시도해 볼 계획이다. 일요일엔 미래와 노래방에 들렀다가 새로 생긴 카페를 구경하니, 따듯한 커피에 빠진 아이스크림보다 빠르게 주말이 녹아버렸다.

 질리지도 않고 월요일이 또 찾아왔다. 그리고 방과 후인 지금, 준비한 2인극을 선보일 시간이 왔다. 이미 질리게 본 대본을 한 번 더 열어보는 와중에 누군가 툭 어깨를 건드렸다. 혜은 언니였다.

응원을 해주려는 줄 알았는데, 언니가 손가락으로 한 곳을 가리키며 은밀하게 물었다.

"쟤네 사귀어?"

찬혁이와 수진이의 이야기겠거니 동의하려 고개를 들었는데, 혜은 언니가 가리킨 방향에는 민우와 미래가 티격태격하고 있었다.

"대사 까먹지 마라."

"너나 무대 사방팔방 돌아다니지 마. 암만 처음이라도 내가 너보단 나아."

"퍽이나 잘하겠다."

민우의 세심한 도발에 미래가 활짝 웃는 얼굴로 꽉 말아 쥔 주먹을 그의 옆구리에 선물했다. 고통을 토해내면서도 민우는 끝까지 조롱을 멈추지 않았다. 그 광경을 지켜보며 혜은 언니에게 속삭였다.

"에이, 아닐걸요?"

"그래? 둘이 가까운 사이 같아서 짝도 붙여준 건데."

설마 싶다가도 문득 새침데기 왕자를 두 번째로 사용했을 때가 떠올랐다. '민우랑 있었다며.' 늦은 시간 학교에 있었냐고 묻던 미래는 질문을 없던 일로 쳤는데도 눈물을 흘릴 정도였다. 헐. 설마 내가 거짓말해서가 아니라 민우 때문에 그랬던 건가?

"짚이는 구석이라도 있어?"

무언가 깨달은 사람처럼 눈이 동그래진 나를 보며 혜은 언니가 피식 웃음을 흘렸다.

"뭐, 아니면 말고. 오늘 준비 많이 했지?"

"네, 완벽하게요."

"역시. 기대할게."

표정을 바꾸며 두 주먹을 불끈 쥐고 대답하자, 혜은 언니가 밝은 목소리로 내 등을 두드려줬다.

"다들 이제 시작하자."

혜은 언니의 말에 동아리원들이 모두 강당 앞으로 모였다. 순서에 맞게 무대에 오르는 부원들을 보면 대체로 얼마나 연습했는지 알 수 있었다. 일단 자세부터가 달랐다. 연습량은 자신감과 비례해서 준비가 단단히 된 친구는 어깨를 쫙 폈고, 반대로 연습을 게을리한 친구는 대사를 버벅거릴까 싶어 입술을 꽉 깨문다. 그런 점에서 당연히 전자에 속하는 나는 완벽하다고 자부할 만큼 자신이 있었다.

내 앞 순서는 민우와 미래였다. 연습 때와 달리 민우는 틀린 부분 하나 없이 대사를 깔끔하게 읊었다. 미래도 가끔 멈칫거리긴 했지만, 처음치고는 굉장히 잘 소화했다.

다음은 내 차례였다. 막 연기를 끝낸 미래에게 멋졌다고 눈짓하며 무대에 올랐다. 미소로 화답하는 미래와 달리 정작 내 짝인 전학생은 무대에 오르는 순간까지도 내게 눈길 한 번 주지 않았다.

홀로 꼿꼿하게 구는 그녀에게 오늘은 밀리지 않을 생각이다. 무토가 준 원할 때 눈물을 흘리게 해주는 음료도 이미 마신 참이었다. 시작을 알리는 혜은 언니의 손짓을 보자마자 전학생이 대사를 읊었다.

"너 이번 시험 점수 뭐야?"

내 자신만만했던 태도가 움츠러질 만큼 전학생은 무대에 서자 눈빛이 돌변했다. 쌀쌀맞기만 했던 눈빛에는 열기가 선명했다. 다행이었다. 대본이라면 나도 기죽지 않을 만큼 달달 외웠으니까.

"점수가 뭐 어때서."

긴 대사가 이어질 때도 막히거나, 멈추는 일은 없었다. 서로가 상대 대사까지 외우고 있으니 대사가 끝나면 바로 다음 대사가 이어졌다. 기차가 레일을 달리는 것처럼 변수 없이 막의 끝을 향해 안정적으로 흐름이 이어졌다.

"시험 전에 답안지 본 거. 선생님께 솔직히 말해."

전학생의 대사를 듣는 순간 옅은 희열이 몸을 감쌌다. 남들은 눈치채지 못하더라도 대사를 빠짐없이 외우고 있는 나는 알 수 있었다. 방금 전학생의 대사는 틀렸다. 정확히는 순서가 잘못됐다. 대본에는 '선생님께 솔직히 말해. 시험 전에 답안지 본 거'라고 적혀 있었다. 기쁨을 삼키며 대사를 읊었다.

"내가 왜? 정의로운 척 좀 하지 마. 너도 그냥 배알 꼴려서 이러는 거잖아."

전학생을 노려보며 생각했다. 어때, 넌 알고 있지? 대사 순서 바꿔 말한 거. 실수를 모면하려면 네가 잘하는 눈물 연기를 보여줘야 할 거야. 해봐, 나도 똑같이 받아칠 테니까.

"마지막 경고야. 선생님께 말씀드려."

눈물을 흘린다면 딱 지금이었다. 분명 지금일 텐데도 연기를 잇는 전학생의 눈빛은 여전히 강렬했으나, 눈물이 나올 기미는 없었다. 확신하고 있던 예측이 엇나가자 당황스러웠다. 극이 끝나는 순간까지 전학생은 눈물 한 방울 떨구지 않았다. 타이밍을 놓친 나 역시 눈물을 사용하지 못한 채 무대에서 내려왔다.

2인극이 모두 끝나고 혜은 언니를 필두로 피드백 시간을 가졌다. "지난주에는 짝끼리 피드백해 봤어?"라고 묻는 말에는 찔려서 대답하지 못했다. 한 명씩 피드백이 이어지고 나와 전학생 순서가 되었다.

"연기가 제일 자연스러웠던 사람은 초롬이 같아. 새로운 곳에 와서 떨릴 법도 한데, 그런 모습도 전혀 없고."

전학생에게 수여된 '제일'이라는 단어가 마음을 콕콕 찔렀다. 그건 나보다 더 나았다는 뜻이니까.

"근데 뭐랄까, 너무 혼자 하는 것 같아."

질투 섞인 마음이 풀어진 건 혜은 언니의 다음 말 때문이었다.

"독백 연기였다면 만점이야. 참 좋아. 근데 상대 배역의 대사나 몸짓에 반응하는 게 아니라, 그냥 혼자 연기를 하는 것 같아. 너는 너, 나는 나. 같은 공간에 있는 것 같지가 않아. 상대 배역과 호흡한다는 느낌이 많이 부족했어."

불만스럽게 미간을 좁히며 짧게 "네." 답하는 전학생의 모습에 승리를 확신했다. 지난주 내게 실망스럽다던 그녀에게 '너 마지막쯤에 대사도 틀렸어'라고 콕 짚어 말해주고 싶었다.

"유리는 항상 연습을 많이 한다는 게 느껴져. 여태 모임을 하면서 한 번도 대사를 까먹은 적도 없고. 대본이랑 한 글자도 안 틀릴 때 보면 정말 깜짝깜짝 놀라."

'맞아요. 저 정말 연습 많이 해요.' 외치고 싶은 심정을 참으며 미소를 지었다. 혜은 언니가 이렇게 내 노력을 인정해 줄 때면 껑충껑충 뛸 만큼 기뻤다. 그래서 더욱이 하늘 높이 발돋움하던 기분이 툭 고꾸라질 거라곤 상상도 못 했다.

"근데 요즘 들어 유리는 너무 '연기'를 하는 것 같아."

"네?"

"연습은 많이 한 것 같아. 대사도 대본 그대로고. 진짜 한 글자도 안 틀렸어. 근데 그런 점이 좀 아쉬워."

대본을 외우는 게 연기의 기본이라고 알려준 건 다름 아닌 혜은 언니였다. 기본이 가장 중요한 거라고. 그런데 대본이랑 완전히 똑같아 아쉽다니 이해하기 어려웠다.

"너라는 사람의 감정이 안 느껴져. 정말 다른 누군가를 연기하고만 있는 것 같아."

처음 받아보는 지적은 낯설고 창피했다. 붉게 변하는 게 느껴질 정도로 얼굴이 화끈거렸다. 지금이라면 무토가 준 음료가 없더라도 눈물을 쏟을 수 있을 것 같았다.

"예를 들면 여기 '배알 꼴려서'라는 대사가 특히 그랬어. 이런 말 써본 적 없지?"

아슬아슬하게 미소를 유지하던 입을 열면 울음이 터져버릴 것만 같아서 어렵게 고개만 끄덕였다.

"남의 행동을 흉내 내는 게 아니라 '나라면 정말 이때 어떤 기분으로, 어떤 말투로 얘기했을까?' 생각해 보면 훨씬 좋을 거 같아. 유리 너라는 사람이 좀 더 보였으면 좋겠어."

연기라는 게 다른 사람의 모습을 보여주는 건데, 내가 보였으면 한다는 건 무슨 뜻일까. 와닿지 않은 조언이었지만, 이 상황이 빨리 지나갔으면 싶어 또 한 번 고개를 끄덕였다.

"잘난 척하더니 쌤통이다."

동아리를 마치고 집에 가는 길. 민우가 시원한 얼굴로 내리까는 건 전학생일 텐데도, 그 말은 자리에 없는 전학생이 아닌 바로 옆에 있는 내게 쏘아져 가슴을 할퀴었다.

"유리야 괜찮아?"

미래의 걱정스러운 물음에 번뜩 정신을 차리고 엄지를 치켜세웠다.

"에이, 뭘. 미래 너 처음인데도 연기 잘하더라."

"그래? 남들 보는 앞에서 하려니까 긴장…."

"처음치고는."

칭찬에 미래의 표정이 채 밝아지기도 전에 민우가 '처음'이라는 단어를 강조하며 초를 쳤다.

"진짜 숨지고 싶냐?"

"너 대사 칠 때마다 숨 막히긴 했음."

어금니를 꽉 깨무는 미래의 모습에도 굴하지 않던 민우는 아까 맞은 옆구리의 반대쪽도 내어주어야 했다. 평소라면 같이 깔깔댔을 상황에도 자꾸만 한숨이 새어 나와 조심히 말을 뱉었다.

"아, 나 학교에 두고 온 거 있다."

기다릴 테니 같이 돌아가자고 말하는 미래에게 괜찮다고 손짓했다. 민우가 미래를 거들었지만, 마찬가지로 연신 괜찮다고 말하며 도망치듯 학교로 발걸음을 돌렸다. 원래 계획대로라면 민우도 데려가야 했지만, 혹 미래가 불편해할까 봐 관뒀다. 혜은 언니 말대로 둘 사이에 뭐가 있다면, 내가 없는 편이 둘한테도 낫겠지.

"누구 있어요?"

강당 문을 벌컥 열고 외쳤다. 오른쪽 한 번, 다음으로 왼쪽 한 번 둘러봤다.

"아무도 없죠?"

문이 잘 닫혀 있는지 한 번 더 확인한 후, 중앙에 서서 뱅그르르 돌며 주위를 살펴도 기척은 없었다.

"열심히 했는데!"

목이 아플 정도로 크게 소리쳤다. 소리치니까 조금은 나아질 줄 알았는데 더 열 받아서, 더 큰 소리로 외쳤다.

"죽어라 했는데!"

무대에 펄쩍 올라 숨이 찰 때까지 있는 힘껏 발을 굴렀다.

"노력은 배신하지 않는다며. 배신 안 한다며!"

진이 풀려 그대로 바닥에 대자로 누운 채 씩씩대도 돌아오는 대답은 없었다.

"진짜 눈물 난다, 눈물 나."

혼자 분풀이하는 스스로가 애처로워 던진 말이었다. 그냥 던진 말이었는데, 배에서 시작된 서늘함이 목을 타고 얼굴로 올라 시야가 흐려졌다. 낯설지만 확실히 알 수 있었다. 무토가 준 음료가 효과를 발하고 있었다.

"아, 잠깐. 이거 아니야, 취소, 취소."

이미 늦은 뒤였다. 눈에서 눈물이 콸콸 흘렀다. 감정 없는 눈물이라니. 진짜 눈물도 아니어서 흘린다고 속이 시원해지는 것도 아니었다. 딱 한 번 쓸 수 있다고 했었는데.

웃음이 났다. 하하, 웃음이 나버렸다. 손으로 아무리 닦아도 계속해서 쏟아지는 눈물은 꼭 고장 난 수도꼭지를 부여잡고 있는 꼴이었다. 허망할 정도로 어이가 없는 상황에 체념하고 가만히 눈물이 그치길 기다리는데, 끈적끈적한 소리가 위쪽에서 들렸다.

"로그."

철퍽, 슬라임 하나가 바닥에 떨어진다.

"로그."

또 하나가 철썩, 바닥을 때린다.

"로그, 로그, 로그."

길바닥에 뿌려진 모이에 몰려든 비둘기 떼처럼 동그란 것들이 천장에서 추락했다. 짜증이 오를 대로 올라서일까, 무섭다기보다는 열이 받았다.

"분위기 좀 보면서 나와라!"

가장 가까이에 있던 물 덩어리를 퍽 소리가 날 만큼 힘껏 발로 차자, 물풍선이 터지는 소리와 함께 사방으로 물이 튀었다. 충격으로 부서진 물 덩어리는 작게 나누어져 금붕어처럼 입을 뻐끔댔다. 물방울인데도 징그러웠다.

"로그…. 내 마음도 로그를 사용하면 표현할 수 있을까?"

펄쩍 뛰어오른 액체덩이를 손으로 막자, 물 덩어리가 젤리처럼 팔에 엉겨 붙어 떨어지지 않았다.

"내가 널 생각하는 마음도 로그함수를 이용한다면 표현할 수 있을까?"

또 하나가 캥거루처럼 튀어 올라 어깨에 붙었다. 생각보다 무거워서 중심을 잡기 어려웠다.

"내 진심도 로그함수를 사용한다면…!"

"그놈에 로그, 로그! 아주 수학 천재들 납셨네!"

팔에 붙은 물 덩어리를 반대 손으로 꽉 쥐어도 잡히기는커녕 물속을 헤집듯 손이 안으로 쑥 들어갔다. 끙끙대는 사이에 다른 물 덩어리가 몸에 달라붙어 결국 넘어지고 말았다.

"왜 안 와? 학교에서 대기하고 있을 거라면서요. 무토!"

벌컥, 강당 문이 열리며 무토가 모습을 보였다. 호랑이도 아니고 꼭 말해야 나타난다. 몸에 붙어 있던 것들을 포함해서 무토를 발견한 물 덩어리들이 하나같이 소스라치며 벽과 천장을 타고 도망쳤다. 무토가 재빨리 손을 이리저리 휘저었으나, 흩어지는 것들을 잡아내기에는 턱없이 모자랐다.

"이대로는 다 놓치겠어."

전과 비교하기 민망할 정도로 어설픈 무토의 모습에 당혹스러웠다.

"어떡해요?"

무토가 물덩이들의 뒤꽁무니를 쫓으며 말했다.

"유인해야 해."

"그러니까 어떻게 유인하냐고요."

되물어도 뾰족한 방법이 없어 보였다. 흥분해 봐야 좋을 게 없다는 걸 알기에 숨을 크게 들이쉬며 빠르게 생각을 정리했다. 로그 귀신이 눈앞에 나타난 이유가 뭘까. 방금까지 뭘 하고 있었지? 무토가 준 약 때문에 눈에서 눈물이 쏟아지고 있었다. 그게 정답은 아닐까? 해보는 수밖에 없었다.

오늘 혜은 언니가 했던 말들을 찬찬히 곱씹었다. 연습을 많이 한 것 같아, 대사도 대본 그대로고, 진짜 한 글자도 안 틀렸어, 근데 좀 아쉬워. 아쉬워, 아쉬워. 너무 아쉬워. 아주 실망이야. 기대했는데, 이게 전부니?

왜곡되었다는 걸 알면서도 정말 그런 말을 들은 기분이었다. 느껴지는 감정을 더 깊게 상기했다. 덕분에 얼굴을 새빨갛게 물들였던 울화가 떠오르며 눈가를 달궜다.

"로그, 로그…. 로그!"

부리나케 도망치던 물 덩어리들이 일제히 자리에 멈춰 뒤를 돌았다. 그러곤 던져진 과자를 본 잉어들처럼 매섭게 몰려들기 시작했다. 나를 등 뒤로 보낸 무토가 주문을 외기 시작했다.

"열 길 물속을 헤듯."

물 덩어리들이 물줄기로 변하며 치솟았다. 허공에 떠오른 물방울들이 황제펭귄으로 모습을 바꿔 부리를 번쩍이며 쏟아진다.

"한 길 사람 속을 헤아리길."

폭포를 연상케 하는 펭귄 떼가 무토의 손으로 빠르게 빨려 들어갔다. 폭풍을 만난 것처럼 거센 바람과 함께 정신없이 물줄기가 춤을 췄다. 찢어질 기세로 흔들리던 무대 위 커튼이 천천히 잦아들 때쯤, 강당 안은 건조하게 느껴질 만큼 뽀송뽀송해졌다.

"고생했어."

손에 든 구슬을 확인하며 만족스럽게 고개를 끄덕인 무토가 나를 보고 깜짝 놀랐다. 엉엉, 한 번 터진 서러움이 잘 멈추지 않았다. 음료를 마시고 흘린 눈물과는 다르게 자꾸만 감정이 복받쳐서 아이처럼 슬픔을 쏟아냈다. 가짜 눈물인 줄 알았는지 그전까지 태연했던 무토는 그제야 당황한 듯 나를 살폈다. 내가 진짜 울고 있다는 게 믿기지 않는지 빤히 쳐다보면서도 이내 달래줄 방법을 찾듯 주머니를 이곳저곳 뒤졌다. 그런 무토에게 다가가 괜히 화풀이 하듯 옷자락을 부여잡고 계속해서 울었다. 무토는 다른 대책을 찾지 못한 채 우왕좌왕하다 가만히 내 등을 쓸어줬다.

소리 내서 운 게 얼마 만인지 모르겠다. 솔직히 다 울고 나서는 좀 창피했다. 이래서 울기 싫었는데. 그래도 속은 시원했다. 속이 시원하니 차분하게 생각할 수 있었다. 왜 그렇게 화가 나고, 억울했는지. 분이 풀리지 않고 답답해 소리를 지르고 싶었는지.

오늘 인정받지 못한 게 나는 무척 서러웠나 보다.

˚˚˚

은은한 캐머마일 향기가 따뜻하게 목을 축였다. 수족관 한편 탁자가 놓인 의자에서 차를 홀짝이는 나를 두고 무토는 아까부터 전전긍긍한 상태이다. 숨기고 있던 토끼 귀도 머리 위로 볼록 튀어나와 있었다. 무토가 타준 차를 보습제 삼아 갈라진 입술을 적셨다.

"음료 효과로 눈물 흘리고 있는데 나타나길래, 진짜 눈물에도 반응할 것 같았어요. 효과가 있어서 다행이네요."

말을 마치며 한 번 더 호록, 뜨거운 캐머마일을 음미했다.

"먹으면서 설명해도 돼."

별자리 눈동자라고 했었나? 눈물토끼들이 오로지 맛만을 위해

9. 고장 난 수도꼭지

만들었다는 낱개 포장 과자가 탁자 위에는 다섯 개나 올라가 있었다.

"구하기 힘들다면서요. 거짓말이죠?"

"정말 구하기 어려워. 내가 가지고 있는 건 이 다섯 개가 전부야."

과자 하나를 까서 입안에 넣고 굴렸다. 위력적인 맛은 축 처진 기분에 생기를 돌게 했다.

"무토도 먹어요."

"아니야, 너 다 먹어."

부단히 입안에 든 과자를 맛보며, 과자 옆에 놓인 구슬을 관찰했다. 자세히 들여다보면 펭귄 떼가 유유히 헤엄치고 있다.

"이게 이번 구슬이죠?"

"응."

"얘도 다 커서 주인 찾아줘야 해요?"

"응."

숨을 크게 뱉으며 어깨를 떨구자, 무토가 주전자를 기울여 찻잔을 채워줬다. 내가 너무 응석을 부리나 싶은 죄책감이 옅게 들었다.

"근데 그 로그 귀신들은 왜 눈물에 반응한 거예요? 원래 눈물은 다른 사람 눈물에 반응하고 그래요?"

주전자를 내려놓으며 무토가 고개를 저었다.

"눈물이라서 반응한 게 아니라 '너'라서 반응한 거야."

"저요? 이것도 저를 많이 생각하는 사람한테 붙어 있던 거예요?"

무토가 고개를 끄덕이며 긍정을 표했다. 계속 로그, 로그 하던 게 아무리 봐도 민우 같은데. 걔가 내 생각을 깊게 할 이유가 있나?

찻잔을 두 손으로 감싸 따뜻함을 느끼며 곰곰이 생각하다가 불안한 가정 하나를 피워냈다. 그게 아니면 좋겠는데, 아무리 생각해도 그거다.

"저 진짜 연기 못하나 봐요."

기분이 착 가라앉았다. 이제야 알겠다. 민우가 왜 자꾸 이상한 애드리브를 쳤는지. 나한테 대본대로만 하지 말고 생각 좀 해서 연기하라는 뜻이었구나. 아, 왜 몰랐지. 나 그 정도로 별론가. 그래, 그러니까 서초롬도 나한테 실망했다 그러지. 남들은 다 아는구나, 나만 몰랐네. 나만 몰랐어.

부끄러움을 이기지 못하고 탁자에 머리를 쿵, 쿵 찧자 무토가 탁자와 내 이마 사이에 손바닥을 넣어주었다.

"혹시 연기 엄청 잘하게 되는 음료나, 뭐 비슷한 거 없어요? 한 번 말고 영원히요."

무토가 왼쪽 가슴 주머니에서 손가락 한 마디 크기의 갈색 씨앗 두 개를 꺼냈다. 생긴 것만 보면 평범한 아몬드였다.

9. 고장 난 수도꼭지

"진짜 있어요? 연기 잘하게 되는 씨앗?"

입을 지그시 다문 무토에게서 '그런 게 있을 리가' 하며 한심해하는 눈빛을 엿봤다. 기분 탓일지도.

"이건 눈물을 전부 모은 답례야. 덕분에 눈물을 모두 수거했으니까. 처음 만났을 때 주기로 했던 거."

뭐였지? 눈물 마음대로 음료는 이미 썼고, 그거 말고 또 있었나? 무슨 이야기 했던 거 같은데. 처음 만났을 때가….

"아."

그건 피자집에서 아저씨를 처음 소개받은 날이기도 했다. 내 문제를 해결해 준다던 무토가 제시한 방법이 떠올랐다.

"망각의 씨앗이야. 기억을 잊게 해줘."

10.

껄끄러운 재회

5월 10일 화요일. 개교기념일인데도 달콤한 늦잠은 내게 허락되지 못했다. 쉬는 날, 쉬는 건 고사하고 불편한 하루를 보낼 예정이다. 아저씨를 만날 생각에 벌써 피곤했다. 마주한 거울 속에서 머리를 단정하게 정리한 채 아몬드처럼 생긴 씨앗 두 알을 손에 굴리는 내가 보였다. 이걸 가져가야 하나 말아야 하나 고민하는 차에 엄마가 내 이름을 부르며 준비를 재촉했다.

"모르겠다."

손바닥 크기의 투명한 비닐 백 안으로 씨앗 두 알을 모두 넣고 밀봉 지퍼를 닫았다. '와사비 맛'이라고 크게 적힌 진짜 아몬드 과자도 함께 챙겼다.

영화관은 우리 집까지 마중을 온 아저씨의 차를 타고 가기로 했다. 습관처럼 보조석 문을 잡던 엄마는 아차 싶은 얼굴로 나와 같이 뒷좌석에 앉았다. 그렇게까지 눈치 볼 필요는 없는데. 괜히 더 신경 쓰였다.

아저씨의 차에 대한 첫인상은 참 깔끔하다는 것과 좋은 냄새가 난다는 점이었다. 운전대만 잡으면 성격이 종종 변하는 엄마와 달리 아저씨는 부드러운 미소를 유지하며 편안하게 차를 몰았다. 영화관에 가는 중에는 지난번처럼 애써 발랄해 보이려고 연기하지 않았다. 주머니에 든 씨앗을 어떻게 할지 결정하지 못해서도 있고, 어차피 연기도 잘 못하는데 해서 뭐하나 싶은 마음도 들어 이래저래 기분이 처졌다.

"평일이라 사람이 없네."

엄마가 과장되게 기쁜 척을 했다. 오늘 보기로 한 영화의 포스터에는 팔짱을 낀 배우가 환하게 웃고 있었다. 요즘 평이 좋은 가족 코미디 영화다.

"코미디 영화 좋아하니?"

"보통이요."

아저씨의 질문에 답하는 내 목소리가 너무 성의 없단 걸 깨닫고 민망해졌다. 아저씨도 나름대로 신경 쓰고 계실 텐데 너무 무성의

했다는 생각이 들었다. 반성의 의미로 아저씨에 관해 물어보기로 했다.

"오늘은 일 안 가세요?"

"응? 아, 나. 음, 근무가 남들이랑 좀 달라."

대답하기 직전 아저씨가 머뭇거린 이유는 호칭 때문 같았다. 애매한 관계에서 자기를 뭐라고 표현해야 할지 고민스러운 건 아저씨도 마찬가지인 모양이다.

"4일 일하고 2일 쉬는 형태여서 주말에 일 나갈 때도 있고, 평일에 쉴 때도 있어. 월마다 일정표가 새로 나와."

"무슨 일 하시는데요?"

"건물의 시설을 관리하고 있어."

그게 무슨 일인지 정확히 알지 못했지만, 특별히 궁금하지도 않아서 그냥 고개를 끄덕였다.

"팝콘 먹을까?"

엄마는 꼭 어색하면 먹을 거로 넘기더라.

아저씨와 내가 어정쩡하게 앞장선 엄마의 뒤를 따랐다. 엄마는 팝콘 옆에 있는 나초도 먹자고 했고, 호응하듯 아저씨는 핫도그까지 시켰다. 양손 가득 간식을 들고 상영 시간에 맞춰 상영관에 들어갔다.

인기가 좋은지 영화관에 사람이 없는 것치곤 꽤 자리가 찼다.

간간이 보이는 또래들은 우리 학교 학생이지 싶었다. 혹시 아는 친구가 없나 살피는 와중 귀에 익은 목소리가 점점 가까워졌다.

"정말 기대돼요."

맞아, 처음에 들었을 때도 저렇게 다정한 목소리였다. 저런 애가 학교에서 그렇게 재수 없게 군다고 말하면 누가 믿을까? 목소리의 정체는 전학생이었다. 서초롬이 내 바로 옆자리에 다가와 앉았다.

"엄마도 왔으면 좋았을 텐데. 아쉬워요."

"다음엔 꼭 같이 오자."

서초롬의 옆으로 그녀의 아빠가 앉았다. 앉기 직전 서초롬과 분명 눈이 마주쳤다. 마주쳤는데도 서초롬은 아는 척도 없이 고개를 돌려 자신의 아빠와 대화했다.

뭐지? 어두워서 못 봤나? 나라도 아는 척을 해야 하나? 봤는데 그냥 무시한 건가? 이제라도 인사를 해?

생각을 정리하기도 전에 조명이 어두워지며 영화가 시작됐다. 재치 있는 대사와 상황들에는 종종 웃음소리가 퍼졌다. 가족 간 갈등이 심해지는 부분에선 조용해졌다. 갈등이 해소되는 마지막 장면에서는 훌쩍이는 소리도 들렸다.

도무지 영화가 눈에 들어오지 않았다. 눈물을 훌쩍이고, 웃음을 터트리는 사람들 사이에서 내 온 신경은 전학생에게 쏠려 있었다.

내가 내린 결론은 서초롬과 모른 척 헤어지는 게 최고라는 것이었다. 전학생이 전 학교에서 남의 비밀 가지고 장난치기로 유명했다는 수진이의 말이 좌석을 가시방석으로 만들었다. 괜히 아는 척을 했다가 아저씨에 관해 묻게 되면 곤란했다.

"재밌었다. 그치?"

마침내 상영이 끝나고, 감동을 나누는 엄마의 말에도 어눌한 목소리로 대답한 채 한 손으로 이마를 짚으며 얼굴을 반쯤 가렸다. 천천히 일어나는 옆자리를 흘겨보며 아저씨가 말 걸지 않기를 기도했다. 내 이상한 반응에 몇 차례나 왜 그러냐고 묻는 엄마에게는 잠긴 목소리로 "좀 어지럽네." 핑계를 대며 시간을 끌었다.

가라, 가라, 빨리 가라. 일어나는 기척이 느껴진 뒤에도 한참 목을 움츠리고 앉아 있다가 조심스럽게 주위에 사람이 없는지 확인했다. 다행히 서초롬은 보이지 않았다.

"휴."

"괜찮아?"

"응, 괜찮아졌어."

또다시 마주칠까, 마음이 불안해 발걸음을 서둘렀다. 아저씨 앞에서 대놓고 말하기는 눈치가 보여 화장실에 들른 참에 엄마에게 말했다.

"이제 슬슬 집에 가자."

"벌써?"

"계속 앉아 있었더니 뻐근해. 집에서 쉬고 싶어."

내 퉁명스러운 태도에 엄마가 시계를 확인하며 곤란한 얼굴로 말했다.

"여기 3층에 누워 있을 수 있는 카페 있는데 거기서 좀 쉴까?"

왠지 그러고 있다가 전학생을 또 마주칠 것 같았다.

"아니, 그냥 이제 가자."

"이 근처에 괜찮은 식당 알아놨어. 조금만 더 있다가 맛있는 거 먹으러 가자."

"꼭 오늘 안 가도 되잖아."

"여기 스테이크랑 파스타도 있고, 피자도 맛있대."

"오늘 안 땡겨."

"되게 맛있다던데. 인기 있는 곳이라서 예약도 했고…."

"아, 싫다고."

화가 났다. 쉬는 날에 일찍 일어나야 한 탓도 있었다. 영화 시간 내내 마음을 졸이고 있어야 했던 탓도 있었다. 그 긴 시간 마구잡이로 만들어진 못된 상상들 탓도 있었다. 하지만 제일 화가 나는 건 엄마한테였다. 이런 일이 일어난 건 결국 엄마 때문이니까.

"유리야."

"싫어. 불편해. 불편해서 더 못 있겠다고."

가슴에서 뜨거운 돌덩이가 요란하게 부글거렸다. 엄마는 오늘 뭐가 그렇게 좋은 걸까.

"그냥 아저씨랑 둘이 시간 보내. 알아서 지내시라고요."

아저씨에 관한 생각에 평소보다 몇 배는 예민하게 반응했다. 송곳 같은 말들이 자꾸만 나를 등 떠밀었다.

"부탁이니까, 나 좀 내버려둬요."

"엄마는….."

"자꾸 나한테 강요하는 것 같다고. 그게 싫다고."

엄마는 정말 아저씨가 좋은 걸까? 왜? 나로는 부족해서? 아빠는 이제 완전히 잊어버린 건가? 생판 남인 사람이 집에 들어올 수도 있다는 게 싫었다. 그래도 되는 거야? 아저씨를 떠올리면 자꾸만 불편하다. 아저씨도 마찬가지 아닐까? 앞에선 좋은 표정을 지어도 속내는 내가 불편하겠지. 누가 아저씨에 관해서 물으면 어떡해야 해? 초등학교 때 아빠 이야기 가지고도 그 난리였는데. 벌써 뭐라고 수군거리고 떠들지 진절머리가 났다.

"난 엄마랑 달라. 새로운 아빠 필요 없어."

누가 조종이라도 하는 것처럼 입술이 충동적으로 움직였다. 엄마가 나 때문에 속상할 걸 알면서도 더 화가 났다. 답답한 마음에 화장실에 나와 숨을 골랐다. 뒤이어 엄마가 천천히 나왔고, 아저씨는 심상치 않은 낌새를 눈치채고 선뜻 말을 꺼내지 못했다. 최악인 건 아저씨 옆으로 서초롬의 아빠가 누군가를 기다리고 있다는 점이었다. 몸이 떨릴 정도로 심장 소리가 커졌다.

"죄송해요. 몸이 너무 안 좋아서요."

내 말에 당장 병원에 가자며 진땀을 빼는 아저씨에게 집에 가고 싶다고 말했다. 엄마도 내 말에 동의해 줬다. 지하 주차장으로 향하는 에스컬레이터를 타며 화장실로 시선을 옮겼다. 어쩌면 보지 않는 편이 나았을까. 화장실에서 나와 자신의 아빠에게 말을 거는 서초롬이 보였다. 안에 있었구나. 그렇게 큰 소리로 떠들었으니 못 들었을 리 없었다. 얼핏 그녀와 눈이 마주친 기분이 들었다. 이번에 먼저 고개를 돌린 건 내 쪽이었다.

차를 타고 집에 가는 내내 나는 아무 말도 할 수 없었다. 집에 도착한 후에도 침대에 머리를 묻고 오늘 하루가 전부 꿈이길 바랐다. 엉망이었다. 모든 게 엉망진창이었다.

༺༻

종종 꾸던 악몽이었다. 책상도, 칠판도, 교실도, 학교도 지금보다 커다랗던 시기. 이제 와 작아진 초등학교를 앞에 두고 있자면, 역시 커버린 건 내 쪽일 테지만 아직 그곳에는 작은 아이가 남아 있었다.

작은 아이는 여느 아이들처럼 웃음이 많았다. 또한 서슴없이 자기 이야기를 하는 모습이 그립기도, 말리고 싶기도 했다. 그 아이는 평소처럼 학교에 가서 친구들과 떠들었다. 어버이날, 카네이션을 만드는 시간에 아이는 다른 아이보다 여유가 있어 바쁜 친구들 사이를 기웃거리며 제 것과 비교했다.

선생님인가, 친구인가 아니면 둘 다였나. 누군가 작은 아이에게 왜 다 하지 않고 놀고 있냐고 물었다. 작은 아이는 카네이션을 하나만 만들어도 충분하다고 했다. 왜 그랬을까. 아빠 것까지 만들었어도 좋았을 텐데. 남들이 부러웠나, 그런 감정이 싫어 아무렇지도 않다고 더 강조하고 싶었나. 이유는 흐릿했다. 다만 당시 아이들의 표정은 뇌리에 깊게 남아 선명하다.

시작은 쥐들의 속삭임이었다. 별로 친하지 않던, 으스대길 좋아하던 몇몇이 괜히 친한 척 작은 아이에게 다가와 이것저것을 물어봤다. 창피할 이유가 없어 아무렇지 않게 답했다. 작은 아이는 부끄러워할 필요가 없어도 부끄러워질 수 있다는 걸 몰랐다. 오히려 부끄러워해야 할 일이 당당해질 수 있다는 것도 몰랐다.

소곤소곤. 쥐들의 속삭임이 더 커졌다. 비밀 이야기를 하듯 저들끼리 시시덕거리며 웃다가도 작은 아이와 눈이 마주치면 시치미를 뚝 뗐다. 작은 아이는 애써 무시했다.

날짜와 작은 아이의 번호가 일치하던 날. 수업 중 선생님은 아이의 번호를 불렀고, 답을 몰라 쩔쩔매는 아이를 보며 웃는 아이들 사이에서 심장을 찌르는 또렷한 목소리가 있었다.

"선생님, 봐주세요. 걔 불쌍한 애예요."

아빠 없는 애, 사랑 못 받고 자란 애, 불쌍한 애. 금방 사라질 줄 알았던 속삭임은 전염병처럼 빠르게 퍼졌고, 공공연한 사실로 변모했다.

"미안. 너랑 못 할 거 같아."

친하게 지내던 친구도 작은 아이를 피하기 시작했다. 작은 아이를 쏙 빼놓으면서도 자기들끼리는 붙어 다녔다. 작은 아이는 학교 가는 게 싫었다. 책상에 엎드려 시간을 죽이는 때가 많아졌다. 짝을 지어야 하는 순간에 작은 아이와 눈을 맞춰주는 친구는 없었다.

방학에 앞서 비상 연락을 위해 가장 친한 친구를 써야 하는 칸에 누구도 쓰지 못한 작은 아이는 집에 가는 길에 이를 악물었다.

'바보처럼 울지 말자, 약해 보일 뿐이야. 멍청하게 굴지 말자.'

작은 아이가 내게 다가와 묻는다. 자기가 무얼 그렇게도 잘못했냐고. 괴로웠던 나는 그 아이를 달래기보단 다그쳤다. 이제 그 아이는 예전처럼 소리 치지 않았다. 다만, 여전히 작은 눈으로 나를 보며 책망하곤 한다.

11.
준비

"벌써 다음 주가 수학여행이네."

민우의 말에 동아리방에 모인 부원들이 고개를 끄덕였다. 옹기종기 모인 부원들은 모두 1학년이었다. 전학생도 보였다. 어제 환한 얼굴로 재잘거리던 서초롬은 학교에선 무뚝뚝한 얼굴로 돌아와 있었다. 평소와 같은 모습에 작게 안도하다가 서초롬과 눈이 마주쳤다. 지난번 무대에 오르는 순간까지 내게 눈길 한 번 주지 않던 그녀였다. 우연이라고 치기엔 호기심 많은 고양이처럼 자꾸 내게 시선을 던져 왔다. 나는 부담스러운 눈길을 애써 외면하며 오늘 모인 이유를 상기했다.

연극 동아리에게 가장 큰 행사는 11월에 있는 학교 축제다. 그때는 연습도 두 달 전부터 시작한다고 한다. 축제 준비는 수험공부로 동아리 활동이 뜸한 3학년 대신 2학년이 주로 이끄는데, 규칙이 하나 있다. 주연 중 한 명은 꼭 1학년을 쓰는 것. 주연으로 뽑힌 1학년이 보통 다음 동아리 부장을 넘겨받는다고 한다. 작년엔 그 1학년이 혜은 언니였다.

1학년이었던 혜은 언니가 친구들에게 강한 인상을 남겼던 계기는 수학여행 때 선보인 연극이라고 한다. 그 이야기를 듣고 우리도 이번 수학여행 때 연극을 준비하기로 했다. 온전히 우리들의 힘으로만.

대본은 어제저녁 늦은 시간 미래가 땀을 뻘뻘 흘리는 이모티콘과 함께 '완성본'이라며 단톡방에 올렸다.

"읽어봤는데 너치곤 잘했더라."

"칭찬을 해도 꼭 그렇게 아니꼽게 하냐."

금방이라도 달려들려는 미래의 위협에 민우가 얼른 몸을 피하며 화두를 옮겼다.

"일단 주인공 투표 진행할게."

《콩쥐팥쥐》를 현대판으로 재해석한 연극으로 주연은 당연히 콩쥐와 팥쥐였다. 1학년 부원들만 있는 단톡방에 익명 투표함이 올라왔다. 투표가 종료되고 콩쥐 역할에 붙은 내 이름을 보고 기뻤지만, 티를 내지 않으려고 괜히 얼굴을 문질렀다.

"유리가 어울리긴 해. 우리 중에 가장 성실하잖아."

엄지를 치켜드는 찬혁이를 살짝 째려본 수진이가 내게로 시선을 돌리곤 "그렇긴 해."라며 고개를 끄덕였다.

"콩쥐가 유리고. 팥쥐는…."

스마트폰을 보던 민우가 살며시 전학생의 눈치를 봤다. 팥쥐 역할로 가장 많은 득표를 받은 게 그녀였다.

"초롬이가 어울리긴 해. 우리 중에 가장 고약하잖아."

이번에도 똑같이 서초롬에게 엄지를 치켜드는 찬혁이의 얼굴에 악의는 보이지 않았다. 찬혁이는 그런 애였다. 놀란 수진이가 찬혁이의 옆구리를 찔렀지만, 물은 엎어진 후였다. 입 밖으로 말만 꺼내지 않았지 팥쥐 역할로 서초롬을 찍은 학생들 모두 찬혁이와 비슷한 마음이었다. 나 역시 그 점을 딱 잘라 부정하긴 어렵지만, 그렇다고 해서 꼭 그 이유만으로 뽑은 것은 아니었다. 서초롬은 그만큼 연기를 잘하기도 했다.

"고마워. 열심히 할게."

짜증과 까칠함, 그리고 재수 없음이 트레이드마크였던 그녀에게서 전혀 예상치 못한 문구가 튀어나와 자리에 있던 모두가 눈이 동그래졌다. 그러거나 말거나 전학생은 다시 언제 그랬냐는 듯이 스마트폰에 눈을 내리깐 채 대본에 집중했다.

"그래, 뭐. 그럼 이제 다른 역할 중에 하고 싶은거 있는 사람?"

민우를 중심으로 역할 분배가 이루어졌다. 혜은 언니가 있을 때는 표가 크게 나지 않았는데, 이럴 때 보면 민우도 참 모임을 잘 이끈다.

"윤미래. 너도 하나 해라. 바위 어떰? 너 주먹만 들고 있어도 될 듯."

"뒤질래, 진짜?"

음, 아닌가. 역시 그냥 철없는 애 같기도. 미래의 공격에도 굴하지 않는 주둥이에 경의를 표하는 와중 옆으로 바짝 다가온 누군가에 깜짝 놀랐다. 그게 서초롬이라는 점에서 놀람의 크기가 배는 되었다.

"앞부분이라도 먼저 대사 맞춰볼래?"

이전 매몰찬 태도에선 찾아볼 수 없던 상냥함이었다. 낯설어서 오히려 불안했다. 진짜 팥쥐 앞에 선 콩쥐 신세가 된 것 같았다. 갑자기 태도를 바꾼 이유가 뭘까, 역시 어제 일 때문인가. 남의 비밀을 가지고 장난치는 걸 좋아한다고 했지? 그렇다 해도 당장은 괜찮을 것이다. 다른 친구들에게 날름 말해버리면 비밀은 더 이상 비밀이 아니게 되니까.

"그래, 좋아."

호랑이 굴에 끌려가도 정신만 차리면 살 수 있다는 말이 있고,

도가 지나친 사람에게는 관심을 먹이처럼 주지 말라는 말도 있다. 영화관에서 그녀가 나를 보고도 못 본 척했던 것처럼, 나 역시 뻔뻔한 얼굴로 어제 일은 없었던 일 취급하면 그만이다. 괜히 휘둘리지 말자.

"난 네가 참 마음에 안 들어!"

초롬이의 혀가 뱀의 아가리에 걸린 표독스러운 혓바닥처럼 낼름거렸다. 그게 대본에 쓰여 있는 대사라는 걸 알면서도 진심으로 하는 말인지 의심스러워 서초롬의 얼굴을 슬쩍 확인하게 됐다. 그만큼 서초롬은 생동감 있게 연기했다. 2인극 때와는 다르게 그녀는 정확히 나를 응시하고 있었다. 매서운 눈동자에 벗어나고자 다음 대사를 확인하며 입술을 움직였다.

"우리 그냥 사이좋게 지내면 안 될까?"

"착한 척 좀 하지 마! 난 네 속이 얼마나 쿰쿰한지 다 알고 있어."

"속은 네가 쿰쿰하지, 팥쥐야."

"조용히 해!"

수학여행용 연극은 20분 정도 분량에 농담이 많이 섞인 가벼운 분위기였다. 팥쥐는 전국무용경연대회에 나가기 위해 노력하는 콩쥐를 미워한다. 시기에 눈이 먼 팥쥐는 콩쥐의 무용복을 망가트리고, 버스표도 취소시키며 대회에 나가지 못하게 방해한다.

"넌 집이나 지켜! 어차피 나가도 우승은 내 거니까."

"이러지 마, 팥쥐야."

"사람들은 콩죽보다 팥죽을 더 좋아해!"

그런 대사를 할 때에는 좀 더 힘을 빼면 안 될까. '깔깔깔 비열하게 웃는다'라는 지문마저 진지한 태도로 임하는 서초롬의 모습에 잠시 스마트폰으로 얼굴을 가리며 웃음을 참아야 했다.

"이 다음은 다른 역할들도 정해지면 하자."

비열한 웃음 연기를 마친 서초롬의 입가에선 비열함만 빠져나갔다. 모른 척할 때는 언제고 갑자기 살갑게 다가오는 그녀 때문에 혼란스러웠다. 내가 서초롬을 너무 나쁘게만 생각하고 혼자 착각했던 걸까.

"어제 화장실에서 들었어."

마음을 놓자마자 허를 찔렸다. 날 봤다고, 내가 엄마랑 무슨 이야기를 했는지 들었다고 선언하는 말이었다.

"나라면 찬성할 텐데."

대상이 불분명한 중얼거림은 내 어리숙한 행동을 그대로 까발려 얼굴을 화끈거리게 했다. 뭘 그렇게 다 안다는 식으로 말하는 걸까. 남의 일이니까 쉽게 말하는 거지. 넘어져 상처가 난 곳에 누군가 양손으로 흙을 뿌리고 문지른 것처럼 예민하고도 날카롭게 마음이 반응했다. 갑작스럽게 들려온 비명이 아니었다면, 분명 허튼소리를 뱉어버렸을 것이다.

"여장 하라고?"

비명의 주인은 찬혁이었다. 뭉크의 절규 그림 속 얼굴이 된 찬혁이 옆으로 수진이가 웃음기 가득한 얼굴로 부추겼다. 둘은 팥쥐의 친구들로 같이 콩쥐를 괴롭히는 역할을 맡았다. 서초롬은 둘에게 다가가 대본을 보며 이건 이렇고, 저건 저렇게 하자며 말을 붙였다. 나와 마찬가지로 처음엔 경계하던 찬혁이와 수진이도 금세 초롬이와 쉽게 말을 섞었다.

"두꺼비보다는 낫네."

콩쥐 아빠 역할을 맡은 건 민우였다. 현대판으로 수정한 만큼 이번 연극에는 동화에 나오는 두꺼비나 참새가 없다. 대신 콩쥐를 도와주는 건 먼 출장에서 돌아온 콩쥐의 친아빠다. 사업에 성공한 콩쥐 아빠는 콩쥐에게 새로운 무대 의상을 사주고, 외제 차로 대회장까지 태워준다.

"근데 왜 아빠야?"

민우의 물음에 미래가 '또 무슨 꼬투리를 잡으려고' 하는 의심의 눈초리로 답했다.

"동화에서는 콩쥐 아빠 이야기가 별로 없잖아. 근데 자기 친자식이 괴롭힘당하는데 모른다는 게 말이 돼? 그것도 새엄마한테. 나라면 바로 이혼했을 듯. 그런 점을 꼬집고 싶었어."

장난칠 때와는 다르게 사뭇 진지한 얼굴로 민우가 고개를 끄덕였다.

"하긴 아무리 바빠도 자식인데."

지나가듯 툭하고 내뱉은 민우에게 묵직한 갈고리를 건 사람은 서초롬이었다.

"그럼 차라리 착한 새엄마가 팥쥐를 혼내는 건 어때? 그게 더 꼬집을 만하지 않나. 맨날 새엄마는 나쁘게 나오잖아. 새엄마가 아니라 새아빠여도 좋고."

미래에게 향해 있는 서초롬의 뒤통수가 귀신을 봤을 때처럼 끔찍하게 느껴졌다. 신경을 따끔따끔 찌르는 가시를 애써 무시하며 머릿속에선 서초롬의 말을 이리저리 해석하기 바빴다.

이런 거구나. 남의 비밀 가지고 장난친다는 게. 그녀의 뒷모습과 초등학교 시절 친구들을 모아놓고 나를 '불쌍한 애'라고 말하던 반 아이가 겹쳐 보였다. 날카로운 목소리로 그녀에게 되물었다.

"그건 좀 이상하지 않아? 새엄마가 아무리 착해도 자기 자식인데 팥쥐를 더 챙기겠지."

"팥쥐를 챙기니까 잘못된 건 더 잘못됐다고 혼낼 수 있는 거잖아."

한 걸음 정도의 간격을 두고 서초롬과 똑바로 마주 섰다. 한 발짝도 물러나지 않는 그녀가 내 말을 비웃듯 헛웃음을 흘리며 말했다. 비웃는 건 내 대답이 아니라 내 상황이겠지. 남의 비밀을 교묘하게 찔러대는 게 화가 났다. 더는 공격하지 못하도록 똑같이 마음의 흠집을 내고 싶었다.

"그렇다고 콩쥐 편을 들겠어? 친아빠만큼 콩쥐를 걱정하진 않겠지."

"아빠만큼 콩쥐를 걱정할 수도 있잖아. 왜 안 돼? 새엄마라서? 웃긴다. 그거 편견이야."

서초롬의 조롱 섞인 목소리가 격해진 감정을 부추겼다. 그에 따라 서로의 언성도 높아졌다.

"그냥 팥쥐 분량 늘리고 싶어서 그러는 건 아니고?"

서초롬의 표정이 일그러졌다. 살포시 말려 있던 입꼬리가 반대 방향으로 뒤집혔다. 상냥했던 태도에선 찬 바람이 쌩쌩 불었다.

"이깟 연극이 뭐라고."

콩쿠르 심사위원 역할과 각종 도구를 맡은 친구들도 이쪽으로 고개를 돌렸다. 서초롬의 말에 가장 기분 나쁜 얼굴이 된 건 대본을 짠 미래였다. 험악해지는 분위기에도 서초롬은 멈추지 않았다.

"너야말로 새로운 가족에 대해 부정적으로만 생각하는 거겠지."

한 발짝 더 다가오며 뱀이 인간을 꾀는 것처럼 조용하면서도 은밀하게 그녀가 속삭였다.

"아니야? 솔직히 말해봐."

찰랑.

톡 쏘는 말과 함께 주머니에서 꾸물거리는 무언가가 느껴졌다. 말해 귀신이었던 상어가 들어 있는 구슬이 나가고 싶어 발버둥을 치고 있었다.

설마 구슬의 주인이 서초롬인가?

"야, 그만해. 어차피 수학여행 다음 주야. 대본 못 바꿔."

민우가 나와 서초롬 사이를 끼어들며 말린 탓에 반쯤 벌어졌던 입을 다물고 몸을 돌렸다.

"나 화장실 좀."

세면대에서 차가운 물로 연거푸 세수하며 스스로를 타일렀다. 차분해지자. 이렇게 흐트러지면 더 놀리고 싶을 거야. 약해지지 말자, 정신 똑바로 차려. 다 방법이 있을 거야.

"괜찮아?"

뒤따라온 미래가 걱정스럽게 물었다. 싱긋 미소를 지으며 미래에게 괜찮은 척을 했다.

"응, 별것도 아닌데 괜히 열 냈네."

주머니에 있는 구슬은 갓 잡아 올린 참치처럼 여전히 펄떡댔다. 구슬의 주인이 같은 감정을 품을 때 반응한다고 했지. 말해, 말해, 말해. 그렇게 내 비밀을 털어내고 싶은 걸까? 서초롬이 원하는 대로 움직여줄 마음은 눈곱만큼도 없었다.

"진짜 괜찮아?"

"응. 돌아가자."

뜨거운 숨을 몰래 삼키며 떠올린 건 가방 속에 있는 씨앗이었다. 자리로 돌아가 지퍼 백에 담긴 아몬드를 똑 닮은 씨앗 두 개 중 하나를 꺼냈다. 사용법은 무토가 설명해 줬다.

잊게 해줄 사람은 나. 나에 대한 건 전부 잊어버려 줘. 손에 든 씨앗에서 느껴지는 따뜻함이 신호였다. 지퍼 백 옆에 있는 아몬드 과자 봉투를 뜯어 씨앗을 그 안에 넣었다. 그리고 온화한 얼굴로 천천히 서초롬에게 다가갔다.

"미안. 아무래도 고전 동화 보면 다 그렇잖아. 계모 하면 괴롭히는 쪽이고. 내가 편견이 심했나 봐. 기분 상했으면 풀어."

아몬드 과자 하나를 입에 넣고 초롬이에게도 권했다. 윗부분에 망각의 씨앗이 섞여 있다.

"손 줘봐. 부어줄게."

"됐어."

딱 잘라 거절하는 서초롬은 동아리에서 처음 봤을 때처럼 날 선 눈빛으로 나를 노려봤다. 누군 좋아서 이러는 줄 아나. 이를 악물고 입술을 양옆으로 잔뜩 당기는데 민우가 다가와 내가 들고 있던 과자 봉투를 가로챘다.

"나도."

"야, 좀!"

말릴 새도 없이 민우가 아몬드를 한 움큼 덜어 성을 내는 미래의 손에 쥐여줬다. 그리곤 자신도 한 움큼 손에 쥐고서 순식간에 입안으로 털어 넣었다. 돌려받은 과자 봉투는 이미 반 이상이 줄어 있었다. 망각의 씨앗은 보이지 않았다. 머쓱하게 웃는 미래도 민우를 따라 아몬드를 우물거린 후였다.

멍한 얼굴이 된 나를 보며 민우가 '네가 뭘 잘못했다고 쟤한테 사과해'라며 소리 없이 입만 뻥긋했다. 허망하게 계속 쳐다보고 있자 '가는 길에 사줄게'라고 덧붙였다.

과자 때문 아니라고. 완전히 망했다.

ᄼᄼᄼ

캐머마일 냄새가 밴 탁자에 팔과 머리를 묻자, 버튼을 누른 것처럼 한숨이 절로 나왔다. 왜 이렇게 되는 일이 없을까 괴로웠다. 차를 우린 무토가 자책하는 내 앞으로 찻잔을 가져왔다.

"고마워요."

찻잔 위로 모락모락 피어오르는 연기에 얼굴을 가져가며 짙은 향을 깊게 빨아들였다. 한층 마음이 진정되는 기분이다.

"구슬 주인 누군지 알 거 같아요. 그거 알려주려고 왔어요."

무토는 구슬의 주인을 찾아준 후에 돌아갈 예정이라고 했다. 로그 귀신은 이미 민우로 반쯤 확신하고 있었고, 말해 귀신은 오늘 반응을 통해 알았다. 서초롬. 남의 비밀을 밝히고 싶어 안달이 난 그녀의 태도를 곱씹으니 로그 귀신에 비해 말해 귀신이 왜 그리도 무섭게 생겼는지 이해됐다.

"아, 그리고. 망각의 씨앗 먹으면 어떻게 돼요? 바로 다 잊어버려요?"

찻잔을 홀짝홀짝 기울이던 무토가 차분한 목소리로 답했다.

"씨앗이 완전히 자라려면 시간이 필요해. 먼저 그 사람에 대한 감정부터 잊게 될 거야. 그러다 점차 무뎌질 때가 되면 깨끗하게 잊게 되지."

씨앗을 먹은 건 민우일까, 미래일까. 누가 되더라도 친구를 잃고 싶진 않았다. 남은 씨앗 하나를 다시 서초롬에게 써보려다가 괜히 또 애먼 사고만 날까 싶어 포기했다.

"어떻게 취소할 방법 없어요? 씨앗 못 자라게요."

"염분이 높은 물을 마시면 돼. 한 컵 정도."

"소금물 말하는 거죠?"

빈 찻잔을 얌전히 내려놓으며 그가 고개를 끄덕였다.

"생각보다 간단하네요. 다 자라는 데 얼마나 걸려요?"

"대략 일주일."

소금물을 어떻게 마시게 하지. 그냥 막무가내로 부탁해? 어쩌면 들어주지 않을까? 너무 수상하겠지.

"무토는 스마트폰 없어요?"

이런저런 궁리를 하다 보니 종종 무토에게 물어보고 싶은 게 있을 때마다 겪은 불편함이 떠올랐다. 수족관에 오는 게 아닌 이상 연락하기가 너무 어렵다.

"없어."

"비슷한 도구는 있을 거잖아요."

고민에 빠진 무토가 주머니에 손을 넣고 휘젓기 시작했다. 오른쪽 가슴에 있는 주머니, 바지 앞주머니, 뒷주머니. 한참을 번갈아가며 뒤지다가 꺼낸 건 에메랄드빛으로 반짝이는 맑고 투명한 보석이 박힌 두 개의 팔찌였다. 하나를 본인이 차고 하나를 내게 내밀었다.

"바다 나비의 날갯소리야."

바다에 나비가 산다는 건 금시초문이었지만 그러려니 했다. 수조에서 뿜어지는 빛이 팔찌에 닿자 반짝이는 보석의 모습이 꼭 나비의 날갯짓 같았다.

"나를 떠올리면서 흔들어봐."

마음속으로 무토를 부르며 팔찌를 찬 팔을 흔들자, 난생처음 들어보는 부드러운 노랫소리가 귀를 간질였다.

"연락이 필요하면 이걸로 불러. 찾아갈게."

"제가 어딨는지는 어떻게 알고요?"

"네 수조를 확인하면 돼."

전에도 그런 말을 했다. 내 수조를 보고 고민을 알아챘다고. 수조를 보면 어디까지 알 수 있는 거지?

"평소에는 보지 마요. 제가 어디서 뭐 하는지."

"새로운 눈물을 채우기 위해선 비어 있는 수조가 있는지 항상 살펴야 해."

"그럼 그때 빼고는 보지 마요."

마음속에 꾹 눌러 담고 모른 척하고 싶은 감정을 눈치챌까 싫었다. 약한 모습을 들키는 건 껄끄러운 일이니까.

"창피하잖아요."

무토는 영문을 알 수 없다는 얼굴이면서도 알겠다고 답해줬다. 주제를 돌리기 위해 에메랄드빛 보석이 박힌 팔찌를 매만지며 물었다.

"우정 팔찌 같네요."

똑같이 생긴 두 팔찌를 번갈아 보며 무토에게 물었다.

"무토가 있던 곳에서는 다 이걸로 연락해요?"

"아니. 보석이 귀해서 보통 안 하고 다녀. 이런 걸 만들기보다는 하나라도 더 모으려고 하지. 보석에 집착하니까. 멀쩡한 눈물에 유통기한을 적어 넣을 만큼."

"보석 모아서 뭐 하는데요?"

"저장해. 각자의 창고에. 이곳의 화폐랑 같은 역할이야."

이 보석이 그쪽에서는 돈이라는 뜻이구나. 단번에 이해가 되어 고개를 끄덕이는데 정작 설명을 마친 무토는 이해가 되지 않는다는 듯 상기된 목소리로 중얼거렸다.

"이것보다 중요한 건 얼마든지 있는데."

왜일까. 말을 잇는 무토의 옆모습이 무척이나 서글퍼 보였다.

"배 안 고파요?"

먹을 거로 상황을 넘기는 건 엄마 특긴데. 무토와 수족관에서 나와 근처 편의점으로 발을 옮겼다. 귀를 숨긴 무토는 진열대 이곳저곳을 살피며 내가 고르는 것들을 구경했다. 컵라면과 바나나 우유를 두 개씩 사서 편의점 탁자에 나란히 앉았다.

"처음 먹어봐."

"컵라면이요, 우유요?"

"둘 다."

여태 뭘 먹고 지냈던 걸까. 처음이라는 말을 들으니 묘하게 긴장됐다. 컵라면 겉면에 적힌 조리법을 괜히 한 번 읽어보며 분말 가루를 털어 넣고 물의 양을 정교하게 맞췄다. 손목시계를 보며 정확히 시간을 쟀다. 뚜껑을 열기 무섭게 모락모락 올라오는 연기가 얼굴을 스치며 식욕을 자극하는 냄새를 풍겼다.

"먹어봐요."

젓가락을 집은 무토가 적당히 익어 탱탱해진 노란 면발을 입에 담았다. 건조한 얼굴은 열심히 살펴봐도 큰 변화가 없어 감정을 읽기 어려웠다.

"어때요?"

붉은 입술을 부단히 움직이던 무토가 컵을 들어 후루룩 국물까지 맛봤다. 꿀꺽, 목젖이 움직이고 뜨거운 숨이 그의 입에서 빠져나왔다. 눈을 마주친 무토가 짧은 후기를 남겼다.

"화가 난 음식 같아."

"네?"

"눈물이랑 비교하면 그래."

그렇게 말씀하시면 제가 어떻게 알아듣나요, 선생님.

"눈물도 맛이 있어요?"

"화가 나서 흘리는 눈물은 짜. 기뻐서 흘리는 눈물은 달고. 슬퍼서 울 때는 신맛이 강해."

비슷한 내용을 언젠가 책에서 본 것 같다. 교감 신경이라거나, 염분 대신 포도당이라든가 하는 내용이 기억의 끝자락에 희미하게 걸려 있었다.

"눈물에는 다양한 감정들이 사니까."

그럼 그렇지. 책에 쓰여 있던 설명과는 거리가 멀었다. 말해 귀신이나 로그 귀신을 봐서 그런지 기분이 오묘했다. 눈물에는 그런 것들이 잔뜩 있는 걸까.

"어쨌든 짜다는 소리죠? 분말을 덜 넣을 걸 그랬네요."

"인상적이야."

음식을 두고 인상적이라는 게 칭찬인지 악평인지 단정 짓기는 어려워도 국물까지 깨끗하게 비운 모습에 배시시 웃음이 났다.

"먹어보고 싶은 음식 없어요?"

고개를 젓는 무토는 먹고 싶은 음식이 없다기보다는 어떤 음식이 있는지도 모르는 것 같았다.

"저는 피자 제일 좋아하는데, 피자는 어때요? 먹어봤어요?"

"아니."

"엄청 맛있어요. 종류도 다양하고요. 빵 부분에는 치즈도 추가할 수 있는데. 아, 생각했더니 침 나오네요. 다음에 같이 먹으러 가요. 꼭."

피자는 달기도 하고, 짜기도 하니까 너무 기뻐서 화난 사람이 흘린 눈물인가? 혼자 생각하다 빵 하고 웃음이 터졌다.

12.

망각의 씨앗

문이 열리지 않는 승강기에 타고 있었다. 숫자 버튼과 열림 버튼을 번갈아 눌러도 승강기는 작동할 기미가 없었다. 살려주세요. 그 외침이 내 입이 아닌 밖에서 들려온다. 살려주세요, 도와주세요, 대피하세요. 외부에서 승강기 문을 내려치는 소리에 놀라 뒤로 엉덩방아를 찧었다. 쇠문이 벌겋게 달아오르기 시작한다. 굶주린 이리의 눈깔처럼 붉게 익어가는 모습에 도망치고 싶어 발을 굴러도 탈출구라곤 없다. 무섭다. 여기서 도망치고 싶다.

"유리야!"

엘리베이터 문을 양손으로 열며 겁먹은 나를 달래는 건 아빠였다. 아빠가 나를 품에 끌어안으며 말했다. 괜찮아, 괜찮아. 아빠 품에 안겨 빠져나온 밖은 흰색 민들레꽃이 가득했다. 답답한 숨통이 트이며 기분 좋은 바람이 분다. 나를 내려놓은 아빠가 웃으며 엘리베이터 안으로 들어갔다. 어디 가냐고, 가지 말라고, 거길 왜 가냐고 소리를 질러도 아빠는 미소를 유지한 채 승강기 안에 서 있다. 울며 움직이지 않는 다리를 쾅쾅 내리쳐도 땅에 붙은 듯 꼼짝도 할 수 없었다. 엘리베이터 문이 천천히 닫히고, 강한 돌풍이 불며 민들레 홀씨들이 사방으로 흩어졌다. 가지 마, 가지 마. 아무리 소리를 질러도 아빠는 들리지 않는 것 같았다.

"한유리."

번쩍 고개를 들어도 흐려진 초점이 돌아오는 데는 시간이 필요했지만, 이곳이 엘리베이터나 꽃밭이 아니라 강당이라는 사실은 눈치챌 수 있었다. 꾹꾹 눈을 비비는 내게 민우가 변명하듯 웅얼거렸다.

"악몽 꾸는 거 같길래…. 좀만 더 잘래?"

"아니야, 괜찮아. 다시 연습해야지."

한쪽에선 찬혁이와 수진이랑 합을 맞추고 있는 서초롬이 보였다. 시계를 보니 벌써 오후 9시 20분이었다. 저녁 먹고 연습하다 깜박 잠에 든 모양이다. 막 깨서 몽롱한 정신이 어지러운 머릿속을 정리하기에 바빴다.

미래는 어디 갔지? 아, 목금은 학원가지. 씨앗 누가 먹었는지 확인해야 하는데. 미랜가, 민운가. 박민우. 맞아, 얘는 구슬도 확인해야지. 두서없이 뒤죽박죽 꼬인 생각이 필터를 잃고 입 밖으로 튀어 나갔다.

"너 지금 나에 대한 감정이 어때?"

"뭐?"

망각의 씨앗을 먹으면 기억 이전에 감정이 먼저 사라진다던 무토의 말이 떠올라 던진 질문이었는데, 막상 뱉어놓고 보니 너무 뜬금없는 말이었다. 듣는 민우는 얼마나 어이가 없을까. 외계인을 만나면 저런 표정을 짓지 않을까 싶을 정도로 당황한 얼굴이었다. 머리야, 일 좀 해라. 나에 대한 감정이 어떻냐니, 로맨스 드라마에나 나올 대사였다. 로맨스라고 하니 문득 미래와 민우를 바라보며 둘이 사귀냐고 물었던 혜은 언니의 말이 떠올랐다. 이번에도 입이 먼저 움직였다.

"너 좋아하는 사람 있지."

민우의 표정이 실시간으로 더 심각해졌다. 그런 모습도 웃기고, 그냥 되는대로 질문하는 내 상황도 웃겨서 혼자 웃음을 터트렸다.

"뭔 소리야, 내가 누굴 좋아해."

대답과 달리 민우의 얼굴을 보면 거짓말에 재능이 없어 보였다.

12. 망각의 씨앗

"내 마음도 로그를 사용하면 표현할 수 있을까?"

로그 귀신이 반복하던 말. 주머니 속에서 펭귄 떼를 품고 있는 구슬이 심하게 떨려왔다. 역시, 너 맞지? 경악하는 민우를 보며 확신했다. 자리에서 일어나 '네가 그 말을 어떻게' 하며 더듬거리는 민우의 어깨를 툭툭 쳤다.

"솔직히 말해. 도와줄 테니까."

"도와? 뭘 도와?"

결정적인 증거를 들킨 범인의 얼굴에서 물음표가 맴돌았다. 다 좁힌 수사망에서 중요한 걸 놓친 기분이었지만, 그게 뭔지 알 길이 없어 솔직히 터놓았다.

"너 미래 좋아하잖아."

"뭐? 너 지금 그 말 진심으로 하는 소리야?"

차게 식었다는 표정을 몸소 보여주는 민우였다. 괜히 부끄러워서 그런다며 옆구리를 찔러봐도 구겨진 얼굴이 펴질 줄을 몰랐다. 진동하던 구슬도 뚝 하고 멈췄다.

"맨날 투닥투닥하고 그러잖아. 남자들은 원래 좋아하는 애 괴롭힌다며."

"내가 애냐?"

모욕이라도 당한 사람처럼 민우가 귀를 문지르며 퉤퉤 혀를 털어냈다.

"에이, 솔직히 말해봐."

"아니야. 민우 원래 좋아하는 애 앞에서 말 제대로 못 해."

민우도 나도 깜짝 놀라며 고개를 돌렸다. 악의 없는 표정으로 찬혁이가 하하 웃었다.

"언제부터 있었어?"

"다는 못 들었어. 민우가 누구 좋아한다? 그런 말 하는 거부터. 어쨌든 얘는 자기가 좋아하는 거 엄청 숨겨. 가끔 말도 더듬으면서. 중학교 때는 좋아하던 애가 민우는 자기 싫어하는 것 같다면서…."

"야, 이씨. 뭐 그런 얘기까지 해."

민우가 찬혁이의 입을 막으려고 달려들자 찬혁이는 몸을 요리조리 피하며 장난쳤다.

"연습 안 할 거야?"

수진이의 부름으로 상황은 일단락이 되었다. 서초롬은 나를 볼 때면 유독 눈을 부릅떴지만, 연습할 때만큼은 성실하게 역할에 임했다. 그렇게 우리는 주말까지도 내내 수학여행 준비를 했다.

༺༻

망각의 씨앗을 누가 먹었는지는 수학여행 전날에 명백히 드러났다.

"나 민주랑 같이 가기로 했는데."

민주는 미래와 같이 학원에 다니며 부쩍 친해진 같은 반 친구였다. 당연히 친해질 수 있다. 나도 민주랑 그렇게 어색한 사이는 아니니까. 하지만 수학여행 때 공항까지 같이 가기로 한 건 분명 나였다. 그 사실을 까맣게 잊기라도 한 것처럼, 미래는 뭐가 잘못된 건지도 모르겠다는 얼굴이었다.

"소금물 먹자."

원래는 내가 뜬금없는 소리를 해도 웃음을 터트려 주던 미래가 낯선 사람을 경계하듯 어색한 미소를 띠며 나를 이상하다는 듯 쳐다봤다. 충격이 컸다. 믿고 싶지 않았다. 월요일은 동아리 정기 모임도 있는데 미래는 친구들과 노래방에 가기로 했다며 빠진다고 했다.

"네가 쓴 대본이잖아."

"내가 가서 뭐 해. 연기 연습할 것도 아닌데."

"아니, 그래도. 민우도 있잖아."

"민우?"

지푸라기라도 잡는 심정이었다. 나에 대해서는 씨앗 때문에 어쩔 수 없다 치더라도 민우에 대한 마음은 그대로일 테니까.

"친하잖아."

미래는 그게 뭐 어쨌냐는 뉘앙스로 답했다.

"매주 보는데 뭐, 하루 안 본다고 멀어지나."

미래의 건조한 태도가 너무나 낯설었다. 더불어 평소에 얼마나 내게 친근하게 대해줬는지도 깨달았다. 기분이 이상했다. 중요한 부품이 빠져나간 것처럼 마음이 불편하고 답답했다.

수학여행 전날이라 동아리 활동은 일찍 끝이 났다. 주말에 충분히 연습 해놔서 다들 이미 숙지하고 있었다.

"다녀왔습니다."

유독 무거운 어깨를 늘어트리며 집에 들어가다 집 안에서 느껴지는 기척에 움찔 발을 멈췄다. 달그락, 달그락 거실 쪽에서 요란한 소리가 들렸다. 벽에 가려져 현관에서는 보이지 않는 공간에 남자의 목소리가 들렸다. '설마, 아니겠지' 하면서도 혹여 아저씨가 있는 건 아닐까 불안했다.

"다 끝났습니다."

시끄러운 소리가 멈추고 거실 쪽에서 모습을 보인 남자는 처음 보는 사람이었다. 그가 걸친 파란색 조끼에는 명찰처럼 큼지막하게 '수리 홈서비스'라고 적혀 있었다.

"배관이 너무 오래된 게 문제네요. 전부 교체했으니 이제 걱정 안 하셔도 됩니다. 여기 사인해 주세요."

서명을 받은 남자가 공구를 챙기곤 현관문을 지나쳐 나갔다. 다행이었다, 착각이어서. 안도의 한숨을 쉬다 엄마와 눈이 마주쳤다.

"싱크대가 말썽이네."

그렇구나, 별 감흥 없이 방으로 들어가는 내게 엄마는 무슨 이야기를 하고 싶어 하는 것 같았다. 대화할 기운이 나지 않아 모른 척 지나쳤다. 방에는 주말에 싸놓은 캐리어가 있었고, 그 위에 하얀 봉투 하나가 올라가 있었다. 봉투 안에는 5만 원짜리 지폐가 네 장 들어 있었다.

"엄마 친구가 준 거야. 수학여행 간다는 거 듣고."

아저씨가 준 거구나. 전에 준 돈도 그대로인데. 늘어나는 지폐 수만큼 부담감만 커졌다. 영화관에서 엄마에게 화를 낸 이후 죄송하면서도 짜증이 자꾸만 올라와 짧은 대화만 나눴다.

"수학여행 다녀와서 한 번만 더 같이 저녁 먹어보면 안 될까?"

그 말 하고 싶어서 돈 준 거냐고 따져 묻고 싶은 스스로에게 메스꺼움이 올라와 꿀꺽 삼키고, 또 삼켰다.

"엄청 유명한 식당이야. 전망도 얼마나 좋은지, 하늘에서 밥을 먹는 것 같대."

예약한 식당이 얼마나 매력적이고 인기가 많은지. 마치 몽환적인 이상향을 묘사하듯 엄마는 식당을 칭찬하기 바빴다. 그럼에도 돌아오지 않는 답변에 엄마의 말은 실타래처럼 뱉으면 뱉을수록 꼬여갔다. 할 말이 많은데 순서를 정하지 못해서 엉켜버렸다. 그럴수록 내 입은 더 굳게 닫혔다. 뻣뻣하게 굳은 고개는 누가 턱을 꽉 잡은 것처럼 까딱하기도 어려웠다.

"어때?"

단칼에 거절하려던 마음이 엄마의 슬픈 얼굴에 가로막혔다. 엄마도 어렵게 꺼낸 이야기겠지. 마지막, 마지막이니까.

"생각해 볼게."

바짝 마른 입을 움직여 간신히 답했다. 단순한 울림에 가까운 대답에도 엄마의 얼굴이 뒤집히듯 밝아지는 게 마음을 더욱 어렵게 했다. 방문을 닫고 봉투를 가방 안에 넣었다. 다른 애들이라면 아빠에게 용돈을 받겠지? 아빠가 내게 선물을 주던 순간을 흐리멍덩한 기억 속에서 억지로 끄집어냈다. 고장 난 필름처럼 흐리게 맴도는 아빠의 얼굴은 어떤 표정을 짓고 있는지 생각이 나지 않을 정도로 마모됐다.

◠◠◠

수학여행에 대해 먼저 이야기하자면 시작부터 최악이었다. 비행기를 탈 때도, 제주도에 도착해서 버스를 타고 이동할 때도, 커다란 풍차가 있는 해안도로도, 초록빛 넘치는 차 박물관도, 불빛

아트도, 심지어는 밥을 먹을 때도. 전부 별로였다.

예쁘지 않았다는 게 아니다. 밥도 맛있었다. 장소에 문제될 거라곤 하나도 없었다. 문제는 외부가 아니라 내부에 있었다. 단짝 없는 수학여행은 정말 최악이었다. 적당히 친한 무리에 섞여 돌아다닐 때면 홀수여서 애매하게 혼자 겉돌았다. 반면 미래는 특유의 유쾌함으로 친구들과 시끌벅적했다. 망각의 씨앗은 무럭무럭 잘 자라고 있는지 이제는 눈을 마주쳐도 인사도 없다. 씨앗이 자라는 데는 일주일이 걸린다고 했다. 그리고 내일이면 벌써 일주일이다. 어떻게 하면 소금물을 한 컵이나 먹일 수 있을지를 생각해 봐도 그럴듯한 수가 없었다. 수학여행 첫날은 남몰래 속상함에 잠겨 시간을 보냈다.

"이게 마지막 기회겠지."

상세 일정표 2일 차에 적힌 '김녕해수욕장'을 눈여겨봤다. 오늘 오후, 미래를 바다에 빠트린다. 다소 과격한 방법이라는 건 알고 있지만, 시간이 없다. 이대로라면 정말 미래가 날 완전히 잊어버릴지도 모른다는 마음에 조급했다.

"오늘부터는 두 반씩 그룹으로 움직일 거야."

혼자만 밖으로 도는 느낌을 받던 와중 선생님의 말씀이 내심 반가웠다. 동아리 활동을 하는 친구가 있는 반과 그룹이 되길 바랐다. 그리고 그 소원은 이루어졌다.

"하."

동아리 활동을 같이하는 건 맞았다. 그게 서초롬이라는 게 문제지. 눈이 마주쳐도 데면데면했다. 큰 기대도 안 했기에 신경 끌 생각이었다. 처음엔 분명 그럴 생각이었는데, 정신 차리니 어느새 그녀에게 말을 걸고 있었다.

"나랑 타자."

서초롬은 나와 비교도 되지 않을 정도로 반에서 겉돌았다. 당연하겠지, 툭하면 틱틱대는데. 동아리에서는 그나마 대화라도 하지 미운 소문이 날 대로 날 만큼 그녀를 챙겨주는 반 친구는 없어 보였다. 어딜 가나 반걸음 뒤에 혼자 남는 그녀를 무시하기 어려웠다. 솔직히 묘한 동질감도 느꼈다.

"그래, 좋아."

이번에도 까탈스럽게 굴면 진짜 안 보려고 했는데, 서초롬은 생각보다 순순히 고개를 끄덕였다. 침묵이 대부분이었지만 숲길을 걸을 때도, 미로를 탈출할 때도, 카트 체험을 할 때도 우리는 꼭 붙어 다녔다. 짝처럼 함께 다니는 친구가 있다는 사실이 마음을 편하게 했다.

"사진 찍자."

"또?"

서초롬은 의외로 사진 찍는 걸 좋아했다. 시큰둥한 얼굴을 하고 있다가도 카메라만 켜면 활기가 넘쳤다. 걸을 때는 말도 잘 안 섞으면서 사진 찍을 때는 팔짱까지 끼길래 깜짝 놀란 게 한두 번이 아니다.

"나 좀 도와주라."

해수욕장으로 향하는 버스 안에서 옆에 앉은 서초롬에게 조용히 속삭였다. 내용을 듣기도 전에 싫다는 말이 튀어나올 법한 그녀가 같이 다닌 정 때문인지 답을 해줬다.

"뭔데?"

"미래를 바다에 빠트려야 해."

평온했던 서초롬의 얼굴이 불쾌하게 일그러졌다.

"둘이 싸운 거면 둘이 풀어."

"싸운 거 아니야. 복잡한 사정이 있어서 그래."

"무슨 사정?"

끼이익, 버스가 해수욕장에 도착했다. 자리에서 일어나 우르르 내리는 학생들 사이에서 초롬이의 팔을 덥석 붙잡았다.

"부탁이야. 한 번만 도와줘."

"그냥 싸우고 복수하려는 거잖아. 애도 아니고 무슨 바다에…."

"아니야. 진짜 화해하고 싶어서 그러는 거야."

다시 잘 지내고 싶다는 점에서 화해라는 단어가 꼭 틀린 말은 아니었다. 내 얼굴을 마주한 초롬이는 인상을 잔뜩 쓴 채 고민에 빠졌다. 친구들이 다 내린 버스에 둘만 남아 있을 수는 없기에 일단은 버스에서 내렸다.

"1시간 뒤에 다시 버스로 모이면 돼. 구경하는 건 좋은데 웬만하면 들어가진 마라."

당부를 마칠 새도 없이 반 아이들은 형식적인 대답을 하며 해변으로 향했다. 마찬가지로 해변을 향해 걸어가는 서초롬이 스마트폰을 꺼냈다.

"안 도와주면 같이 안 찍어."

"제발 유치하게 좀 굴지 마."

안타깝지만 우습게 보일지는 몰라도 나 역시 절실했다. 팔짱을 끼고 고개까지 휙 돌리는 나를 보며 서초롬이 눈썹을 잔뜩 구부리고 입술을 앙다물었다.

"딱 한 번이야."

비장하게 고개를 끄덕이자, 서초롬이 한숨을 쉬며 손가방에 스마트폰을 넣고 해변에 놔두었다. 나도 초롬이의 손가방 위에 스마트폰을 올려놓고 성큼성큼 미래에게 다가가는 그녀를 뒤따랐다.

"야."

친구들과 깔깔거리며 웃던 미래가 싸움이라도 거는 것처럼 다가온 초롬이의 모습에 눈을 끔벅였다.

"폰 좀 빌려줘."

"내 거?"

"어. 잠깐만 빌려줘. 잃어버렸어."

머뭇거리던 미래가 딱한 사정에 마음이 약해졌는지 스마트폰을 초롬이에게 꺼내줬다. 미래에게 스마트폰을 받은 초롬이가 스마트폰을 그대로 옆에 있던 민주에게 내밀었다. 불쑥 내민 손에 민주는 얼떨떨하게 스마트폰을 받았다. 스마트폰을 전달하자마자 초롬이가 미래를 꽉 잡으며 내게 눈짓했다.

"어? 뭐야, 야!"

생각보다도 과격했지만, 방법이 없었다. 남학생들을 주시하던 선생님이 멀리서 "어, 어!" 말리는 소리가 들렸다. 기회는 한 번뿐이었다. 저항하는 미래의 발을 붙잡고 그대로 셋이 함께 바다에 첨벙 빠졌다. 귓속을 헤집는 물이 보글보글 소리를 내다 멀어졌다. 입에 잔뜩 들어온 바닷물은 굉장히 짰다. 충분히 효과가 있을 것 같았다.

"하. 뭐 하냐? 이게 재밌어?"

반짝이던 희망이 싸늘한 목소리에 꺼졌다. 물에 젖어 단발머리 끝에서 바닷물이 똑똑 떨어지는 미래는 굉장히 낯설고 차가워서 순식간에 목이 메어버렸다.

"장난이 심하잖아."

뚝뚝 끊어지는 말들이 화살이 되어 나를 뚫고 지나갔다. 진심으로 화가 난 모습으로 내가 정말 싫다는 듯 쳐다보는 미래 앞에서 할 수 있는 말이 없었다.

"아, 뭐 이런 장난을 쳐. 짜증 나게."

몸을 일으킨 미래가 젖은 옷을 손으로 짜며 등을 돌리고 물 밖으로 걸어갔다.

"친한 것도 아니면서."

코끝이 찡하게 아려왔다. 친한 게 왜 아니야. 나랑 제일 친한 거 너인데. 내가 너랑 안 친하면 누구랑 친해. 입을 열 수가 없었다. 눈물이 쏟아질 거 같아서, 비참한 속내를 보여주고 싶지 않아 고개를 숙이고 얼굴을 감췄다.

"아, 씨. 더럽게 재수 없네."

어느새 자리에서 일어난 서초롬이 미래의 뒤통수를 노려보며 격양된 어조로 말했다. 그 말을 들은 미래가 헛숨을 뱉으며 고개를 돌렸다.

"재수 없는 건 너희 아니야? 이딴 식으로 구는 게 재밌어? 니들 재밌으면 당하는 사람은 다 받아줘야 해?"

"그래, 딱 지금 니 태도가 더럽게 재수 없어. 처싸웠다고 절교하고, 모른 척하고. 내가 좋아서 이러고 있어? 얘가 니랑 다시 친해지고 싶어서 장난친 거 아니야. 꼭 그따위로밖에 반응을 못 해?"

초롬이 입장에서는 그렇게 보일 수밖에 없지만 분명한 오해였다. 싸움이 걷잡을 수 없게 커질 거 같아서 초롬이의 팔을 붙들며 고개를 저었다.

"하, 진짜."

내 손을 거칠게 뿌리친 초롬이가 물에 젖은 머리카락을 틀어 올리며 버스 쪽으로 발을 옮겼다.

"화해한답시고 똑바로 말도 못 하는 애나, 싸웠다고 모른 척하는 애나."

자신을 지나치는 서초롬을 보며 미래는 말을 잃은 듯 얼이 빠진 얼굴로 여러 차례 헛숨을 토했다. 고개를 저으며 물 밖으로 나온 미래에게 민주가 스마트폰을 돌려주며 "유리랑 싸웠어? 친했잖아?" 하고 나를 향해 눈짓을 보냈다. 의아스러운 목소리로 "쟤랑? 나 쟤 누군지도 잘 몰라." 하는 미래를 바라보며 나도 천천히 물 밖으로 나왔다. 짜디짠 해수에 푹 젖은 옷이 바닷속으로 이끄는 것처럼 몸을 짓눌렀고, 숨을 쉴 때마다 가슴을 조이는 고통이 나를 점점 더 깊은 곳으로 가라앉혔다.

◈◈◈

"넋이 나갔네. 괜찮아?"

민우가 바로 눈앞에서 손바닥을 휘저어도 뿌리칠 기운이 나지 앉아 씁쓸하게 웃었다.

"긴장했어? 정신 차려. 주인공이 이러면 어떡해."

민우 뒤로는 머리를 하나로 땋은 팥쥐가 무뚝뚝하게 나를 한 번 쳐다보곤 찬혁이와 수진이에게 다가갔다. 수학여행 이튿날 저녁, 장기 자랑 시간. 준비한 연극을 보여줄 차례였다.

"괜찮아."

할 일을 하자. 내 기분이 좋지 않다고 준비한 연극을 망쳐버릴 수는 없는 노릇이었다. 내가 잘하는 걸 하자. 솔직히 혜은 언니가 얘기한 '너란 사람의 감정이 안 느껴진다'라는 말은 지금도 무슨 의미인지 모르겠다. 하지만 그렇기 때문에 오히려 정말 다른 누군가를 연기하는 것은 가능하다. 가벼운 분위기의 콩트 같은 연극에는 오히려 안성맞춤이다. 한 글자도 틀리지 않을 정도로 대본을 외웠다. 하기만 하면 된다. 그냥 불쌍하고, 착한 콩쥐를 연기하자.

"제발, 나 좀 그만 괴롭혀!"

콩쥐가 애타게 소리쳤다. 치마를 입은 찬혁이는 팥쥐에게 딱 붙어 과장되게 콧방귀를 끼고 익살스러운 목소리로 손부채질했다.

"너 팥쥐 말 못 들었니? 기어코 경연대회를 나, 가, 겠, 다, 고? 그럴 순 없지. 내가 아예 무용복을 망가트려 버려야겠어."

무용복이라고 설정된 얇은 천을 찬혁이가 양손으로 잡았다. 옆에 있던 팥쥐가 발을 동동 구르며 얄밉게 능청을 떨었다.

"그 가녀린 팔로 괜찮겠어?"

근육이 선명하게 볼록 튀어나와 있는 찬혁이의 팔을 요리조리 살피는 팥쥐의 모습에 관객석에서 웃음이 흘렀다. 새어 나오는 웃음을 참으며 찬혁이가 힘을 주어 팔 근육을 더욱 도드라지게 만들었다.

"그럼 내가 3대 몇을 치는데, 얘."

천을 반으로 부욱 찢어내는 찬혁이의 입에서 익살스러웠던 목소리 대신 힘을 주느라 "흡!" 하는 원래 목소리가 튀어나와 관객석에 웃음소리가 더 커졌다.

"야, 그건 내 무용복이잖아!"

수진이가 달려 나와 찬혁이에게 꽥 소리를 질렀다. 눈을 느릿하게 껌벅이던 찬혁이가 천에 붙은 이름을 확인하고 "어머, 어머." 하며 입을 크게 벌리고 호들갑을 떨수록 웃음소리가 짙어졌다. 도움의 눈길을 청해도 팥쥐는 "난 모르는 일이야." 딱 자르며 시치미를 뗀다.

버스표도 비슷하다. 콩쥐가 아닌 수진이의 버스표를 찢은 찬혁이가 수진이에게 구박받고 팥쥐는 시치미를 뗀다. 호흡이 딱딱 들어맞아서 반응이 좋았다. 서로 티격태격해도 결국 셋은 같은 목적을 가지고 있다. 결국에는 버스표도 무용복도 콩쥐의 것을 망치고 서로 고소해하며 깔깔 웃는다.

콩쥐를 중간에 놨다가, 이쪽으로 밀었다, 저쪽으로 밀었다. 이쪽도, 저쪽도 웃는 얼굴이다. 관객들도, 찬혁이도, 수진이도, 팥쥐도. 단지 연기인지, 정말 무대를 즐기고 있는 건지 셋 모두 밝은 얼굴이었다. 철퍼덕 쓰러지는 나를 보며 기뻐하고, 홀로 남겨둔 채 떠나버린다. 셋 사이에 끼여서 뱅글뱅글 정신없이 돌아다니다가 쓰러지면서 앞머리를 입으로 후 불고 어이없는 미소를 짓는 게 내 역할이었다.

"이게 콩쥐팥쥐야, 신데렐라야? 셋이서 진짜…."

왜일까. 확실히 외웠는데 어려움에 봉착했다. 대사에는 문제가 없었다. 문제는 지문이었다. 괄호 열고, 양팔을 허리에 둔 채 미소 지으며, 괄호 닫고. 그렇게 하면 되는데, 별거 아닌데 팔을 허리에 가져가도 미소가 지어지지 않았다. 연기일 뿐인데, 알고 있으면서도 이상하게 혼자 같고 서운했다.

"콩쥐야!"

경쾌한 음악이 흐르고, 민우가 자동차 역할을 맡은 친구의 등에 업혀 선글라스를 끼고 나타났다.

"아빠 성공했어! 주식 완전 떡상했어!"

성공한 아빠의 귀환. 내 편, 내 마음을 이해해 줄 수 있는 사람. 아빠, 우리 아빠.

"왜 이제 왔어."

입안 가득 얼룩진 서러움이 자기 멋대로 뛰쳐나갔다. 왜 그랬을까? 진짜 왜 그랬는지 모르겠다. 여태 애드리브 친 적 한 번도 없는데. 진짜로 대본에 없는 짓 해본 적 단 한 번도 없는데. 아직 늦지 않았다. 다시 원래 대사로 돌아가면 된다.

"얼마나 기다렸는데!"

망했다. 흐려지는 시야를 따라 머리까지 하얘진다. 숨이 차오른다. 어딘가 고장 나버린 거 같다. 여기서 이러면 안 되는데. 나 지금 뭐 하는 거야.

"많이 속상했구나, 우리 딸!"

친구 등에서 뛰어내리다시피 해 내게 달려온 민우가 나를 끌어안으며 망가진 내 얼굴을 가슴팍에 숨겨줬다.

"이제 걱정 마! 아빠가 다 해결할 테니까! 하하하!"

중년 아저씨 같은 목소리로 세상 유쾌하게 목청을 울리는 민우 덕에 이상한 조짐을 느끼던 관객들이 안심하며 편하게 따라 웃었다. 민우는 나를 끌어안은 채 무대 뒤로 척척 걸어갔다. 갑작스러운 노선 변경으로 땀을 뻘뻘 흘리는 친구들 사이에서 서초롬이 무대에 오르며 재빠르게 대본에 없는 말들을 뱉어냈다. 수진이가 눈치껏 뒤따랐고, 찬혁이가 얼떨결에 합류했다. 해야 할 대사가 많이 남아 있는데 나 때문에 일부 장면이 통으로 날아갈 위기였다.

"괜찮아."

괜찮긴 뭐가 괜찮아. 지금 난리 났잖아, 나 때문에. 이성적인 머리와 달리 입에선 아직도 슬픔을 토해내기 바빴다. 왜 하필 아빠 역할이어서, 짜증 나게.

못나고 약한 마음이 다행히 눈물에 씻겨 진정됐다. 정신 차리자, 수습해야지. 눈물로 더러워진 민우의 가슴팍을 손으로 쓱쓱 닦자, 민우가 평소처럼 실없이 웃었다.

"감정 몰입도 좋은데, 너무 과하십니다. 콩쥐 씨."

"죄송하게 됐습니다. 아빠 씨."

"연습 때 받아주던 내 애드리브 이걸로 퉁 친 거다? 나도 네 거 받아준 거다?"

마음에 두고 있었나. 치사하지만 사고를 쳤으니 인정할 수밖에 없었다. 후, 길게 숨을 밀어내며 무대 뒤편에 놓인 천을 어깨에 둘렀다. 민우의 등에 펄쩍 업히며 손을 앞으로 뻗어 전진 신호를 줬다.

"콩쥐 나가신다!"

콩쥐팥쥐는 박수갈채를 받으며 마무리됐다. 중간에 삐걱거리긴 했지만, 큰 틀에서 벗어나지 않고 잘 끝냈다. 그 덕에 미안하다고 사과하는 내게 냉담하게 구는 동아리 친구는 없었다. 장기 자랑 시간 뒤 학생들에겐 2시간 정도 자유 시간이 주어졌다. 무사히 마친 연극을 과자로 축하 하자는 부원들 속에 미래도 있었다.

미래는 다른 친구들과 서슴없이 장난을 치면서도 내게는 전혀 관심이 없었다. 괜히 또 우울해져 화장실에 간다는 핑계로 자리를 떴다. 삼삼오오 거니는 학생들을 지나쳐 인적이 드문 의자 하나에 몸을 내려놨다. 바로 위에 자리한 가로등은 고장이 난 건지 불이 들어왔다 나가기를 반복했다. 깜박임이 반복될수록 켜져 있는 시간보다 꺼져 있는 시간이 길어지더니, 이내 가로등이 잠에 빠졌다.

"안 보이고 좋지, 뭐."

자조 섞인 혼잣말은 풀숲에서 노래하는 벌레나 부서지는 파도 같은 풍경 소리에 가까워 듣는 이 없이 어둠 속에 녹아들었다.

"답답해. 외로워. 누가 들어줬으면 좋겠어."

뱉고, 뱉고, 뱉는다. 평소에는 입에 담기 버거운 말을 내던져도 눈치 볼 사람 없어 적나라하게 나열할 수 있었다. 몇 발짝 넘어 조명이 닿는 곳에 있는 이들 중 내게 시선을 두는 사람은 없었다. 눈치 볼 사람과 함께 부담은 사라졌지만, 되레 그 사실이 어둠 속에 숨은 나를 더욱 초라하게 만들었다.

"힘들다고. 진짜로."

누구라도 그냥 옆에 있었으면 했다. 달리 기댈 곳이 없기 때문일까. 무토에게 받은 팔찌를 한 손에 들고 그를 떠올렸다. 이렇게 하면 그가 나타나지 않을까. 아무리 신비한 힘을 가진 무토라도 제주도까지 한달음에 올 방법은 없겠지, 그래도 자기가 연락 된다고 했는데. 스스로를 비웃으면서도 희미한 기대를 품었다.

그때였다. 주위를 두리번거리며 누군가 내게 다가왔다.

"무토?"

"화장실 간다며. 여기서 뭐 해?"

풍경 소리를 비집고 끼어든 목소리에 움찔 놀라며 고개를 들었다. 어둠이 만들어낸 경계선 바로 앞에 서서 나를 내려다보는 건 서초롬이었다.

"데리러 온 거야?"

"내가 왜. 그냥 전화하러 나온 거야."

퉁명스럽게 말하면서도 서초롬은 내가 앉은 벤치 끝에 걸터앉았다. 전화하러 왔다는 사람치고 스마트폰을 별 의미 없이 꼼지락대는 서초롬의 모습을 모른 체하며 가만히 있었다.

"차라리 잘 됐지. 그런 애는 어차피 처음부터 너 친구라고 생각도 안 했을걸."

스마트폰에 시선을 둔 채 초롬이가 미간을 좁히며 짜증이 서린 목소리로 말했다.

"너한테는 끝까지 말 한 마디 없잖아. 다른 애들한테는 지가 먼저 가서 고생했다 하면서. 아마 뒤에선 너 욕하겠지."

미래 이야기였다. 연극이 끝나고 마주한 미래는 나를 불편해했다. 친하지도 않은 사람을 재미 삼아 바다에 함부로 빠트리는 이상한 애 정도로 보는 얼굴이었다. 미래 잘못이 아니었다.

"미래 그런 애 아니야."

"뭘 그런 애가 아니야. 오늘 딱 보니까 알겠던데."

"아니야, 나 때문에 그런 거야. 미래 착해."

내가 망각의 씨앗을 함부로 써서 그런 거지.

말해봐야 이해할 수 없다는 걸 알기에 속으로 삼켰다. 스마트폰에서 시선을 뗀 서초롬이 아까보다도 깊게 숨을 들이마셨다.

"정신 차려. 그런 애들 원래 그래. 그냥 너한테 친한 척했던 거야. 자기 마음에 안 들면 바로 무시하고, 이상한 소문 내서 사람 바보 만들고."

"아니야. 네가 미래를 몰라서 그래."

"너만 친구라고 생각하는 거라고. 그런 애들 뻔해. 딱 재수 없는 스타일."

미래를 욕하는 말들이 가슴을 찔러 기분이 좋지 않았다.

"그렇게 함부로 말하지 말아줘. 미래 진짜 착한 애야. 넌 전학 온 지 얼마 안 돼서 모르잖아. 친하지도 않고."

열기가 머리끝까지 올라와 있던 초롬이의 표정이 급속도로 차갑게 식었다. 반박할 말을 선뜻 고르지 못한 채 입을 다물고 있던 그녀의 입가가 한쪽으로 비틀렸다.

"이해심이 참 넓은가 봐. 그거 반만큼이라도 엄마한테 잘 해드리는 건 어때?"

흔들린다. 주머니에 있던 구슬이, 놀란 눈동자가, 빨라지는 심장이. 크게 흔들린다.

"갑자기 그게 무슨 소리야."

눈을 피하며 시치미를 떼봐도 노골적인 시선에서 벗어날 수 없었다. 물속에 던져 넣은 낚시찌처럼 소곤소곤 속삭이는 소리가 기억의 물결 위를 떠돌았다. 낚시터에 갇힌 물고기처럼 나를 상처 입힐 게 뻔한 바늘을 무시하려고 애썼다.

"너 지난주에 영화관 갔었잖아. 거기서 나 봤잖아."

부정해야 하는데, 연기해야 하는데. 올가미에 걸린 새처럼 버둥대는 몸짓은 어색하기만 했다.

"다 들었어. 화장실에서. 너희 엄마 새로운 사람 만나는 거지? 넌 반대하는 거고."

직설적인 말들은 너무도 뾰족하고 거셌다. 어쩌지 못하고 듣고만 있는 내 마음을 대변하듯 구슬은 주머니에서 벗어나려고 더욱 강하게 요동쳤다. "말해, 말해, 말해." 하는 귀신의 목소리가 흘러나왔다.

"응원해 드려야 맞는 거 아니야? 고전 동화에 계모 하면 괴롭히는 쪽이라느니, 너 전에도 그런 말 했잖아. 솔직히 역겨워. 그놈의 핏줄이 뭐 대수라고."

부풀어 오른 주머니를 뚫고 물기둥이 여러 갈래로 솟아올라 한곳에 몰려들었다. 거대한 상어가 날카로운 이빨을 드러내며 아가리를 쩍하고 벌렸다.

"오늘 연극에서도 그래. 갑자기 아빠 생각나서 운 거 아니야? 떠난 친부모한테 집착하는 거 철없어 보여."

허공에서 상어가 헤엄을 치는데도 하늘을 올려다보는 사람은 없었다. 초롬이도 마찬가지였다. 눈물을 맞은 사람만 보인다던 무토의 말처럼 상어는 내 눈에만 보였고, 상어 또한 많은 사람 중 나를 점찍어 입맛을 다셨다. 휘적휘적 하늘을 헤엄치는 상어가 차라리 한입에 나를 삼켜주길 바랐다. 바보처럼 무너져 내린 마음을 들킬 바에 포식자의 입안에라도 숨어버리고 싶었다.

"너 뭐라 했냐, 지금."

상어가 나를 지나친다. 초롬이에게도 관심 주지 않고 스쳐 간다. 그보다 뒤쪽, 주인을 찾은 강아지처럼 누군가의 등에 내려앉았다.

"유리한테 뭐라고 했냐고."

상어를 등에 업은 미래는 상어보다도 독이 오른 얼굴로 초롬이를 노려보고 있었다. 이제 와서 뭐냐는 눈빛으로 초롬이가 혀를 찼다. 질렸다는 얼굴로 고개를 절레절레 흔들며 떠나려는 초롬이를 미래가 잡아 세웠다.

"사과하고 가."

"놔."

미래의 팔을 타고 내려온 상어가 초롬이의 팔을 덩달아 꽉 깨물었다. 그래서인지 초롬이가 있는 힘껏 팔을 뿌리쳐도 미래의 손은 꿈쩍하지 않았다.

"사과하고 가라고."

"뭘 사과해. 쟤 친아빠 없는 게 내 탓이야?"

울컥 화를 참지 못한 미래가 초롬이의 머리끄덩이를 움켜쥐었다. 고통스러운 신음을 토해낸 초롬이도 마찬가지로 미래의 머리카락을 양손으로 잡아당겼다.

"이 싸가지가. 너 처음 동아리에서 봤을 때부터 벼르고 있었어. 이번 기회에 인성 고쳐줄게."

"누가 누구한테 인성 지적이야. 생깔 때는 언제고, 불쌍해 보이기라도 했어? 갑자기 난리야."

놀라고 있을 틈이 없었다. 말리기 위해 둘 사이에 껴도 좀처럼 기세가 꺾이질 않았다. 둘 다 힘이 어찌나 센지 내가 매달리며 말려도 대롱대롱 흔들리는 꼴이었다. 주위 시선이 몰리기 시작했다. 선생님이 보기라도 하면 큰일이었다.

"잠깐만!"

손목에 자리한 바다 나비 팔찌가 옅게 반짝이자, 하늘에서 물 한 바가지가 철썩 떨어졌다. 순식간에 세 명 모두 홀딱 젖은 생쥐 모습이 되었다. 미래와 초롬이는 깜짝 놀라 얼떨결에 떨어졌다.

"뭐야?"

고개를 들어 올려보아도 보이는 거라곤 어두운 하늘뿐이었다. 당혹스러워하는 미래 곁으로 상어가 사람 형상으로 변하며 창백한 얼굴로 입을 끔벅거렸다. "말해, 말해, 말해." 웅얼거리던 귀신이 나를 똑바로 응시했다.

"말해, 도 괜찮아."

큼지막한 입을 다문 그것은 얌전히 나를 쳐다보다 한 손을 들어 천천히 흔들었다. 인사를 마지막으로 제자리를 찾아가듯 그것은 미래에게 스며들었다.

미래 거였구나. 고민이 있냐고 물어보던 미래의 모습이 떠올랐다. 있으면 말하라고, 자기도 다 말하겠다던 것도. 나를 걱정하는 눈을 보면서도 나는 여태 미래에게 어떻게 행동했었지?

"미안해."

꼭 끌어안자 미래가 놀라다가도 똑같이 나를 안아줬다. 지켜보던 초롬이도 한숨을 길게 빼며 싸울 마음을 잃었다.

"피하기만 해서 미안해."

이제 그만하자. 혼자 꽉 잡고 있는 거. 들키지 않으려고 안간힘을 쓰는 거. 행여 나에게 실망하게 되더라도, 솔직하게 터놓자. 친구니까.

숙소는 세 명씩 한 방을 쓴다. 미래와 이야기를 나누고 싶은 마음에 친구들에게 이야기해서 몰래 방을 바꿨다.
"바디로션 뭐야? 향 좋네."
언제 싸웠냐는 듯 초롬이에게 말을 거는 미래와 달리 초롬이는 입을 꾹 다물고만 있었다. 초롬이와 같은 방을 쓰는 애들도 방을 바꾸고 싶어 안달이었기에, 결론적으로 셋이 한방을 쓰게 됐다.
"진짜 뭐에 홀린 기분이야. 내가 왜 너랑 따로 다녔지?"
미래는 머리를 말리면서도 연신 같은 말을 했다. 나에 대한 기억이 어떻게 돌아왔는지 정확히 알 수 없었다. 상어가 담겨 있던 구슬 덕이 아닐까 짐작할 뿐이었다. 아니면 바닷물 효과가 뒤늦게 왔다거나. 주머니를 샅샅이 뒤져봐도 펭귄 무리가 자리한 구슬밖에는 보이지 않았다.
"잘 거야. 불 꺼."
"몇 신데 벌써 자."
미래가 침대에 누운 초롬이에게 다가가 말을 붙이자, 초롬이가 신경질을 부리며 쏘아봤다. 그 모습에도 꼼짝하지 않고 차분하게 미래가 대응했다.

"그렇게 까칠하게 굴면 안 피곤해?"

"피곤해. 피곤하니까, 잔다고."

가만히 두면 또 싸울 거 같아서 주제를 돌리기 위해 초롬이에게 물었다.

"숙소에선 사진 안 찍어도 돼?"

불만스러운 표정을 지으면서도 초롬이는 아니라고 딱 잘라 말하지 못한 채 나를 쳐다봤다.

"찍자, 셋이서."

마지못해 침대에서 몸을 일으킨 초롬이가 스마트폰을 들었다. 카메라에 비칠 때만큼은 세상 해맑은 얼굴을 하는 서초롬을 보며 이번엔 미래가 인상을 썼다.

"뭐야, SNS 전용 표정이야?"

스위치를 누른 것처럼 무표정하게 돌아온 초롬이가 미래를 노려봤다. 등쌀에 못 이긴 척 미래가 카메라를 보며 이를 드러내고 웃었다.

"성격 하고는."

찰칵, 나누는 대화에 비해 사진에 담긴 셋은 무척이나 친해 보였다. 찍자마자 미래가 초롬이에게 핀잔을 줬다.

"입만 다물면 참 인기 많을 텐데."

"뭐 상관."

"저 봐. 저러니까 전 학교에서도 소문이 개판이지."

에어컨을 틀었나, 자꾸만 분위기가 썰렁해졌다. 조금은 친해지길 바라는 마음으로 조심스럽게 물었다.

"어쩌다가 전학 온 거야? 이사해서?"

"방금 들었잖아. 소문 개판이어서라고."

초롬이가 미래에게 눈으로 눈치를 주며 답했다. 잘 풀어보려 노력하는데 아무도 도와주지를 않는다. 포기하지 않고 한 번 더 분위기 전환을 시도했다.

"너 눈물 연기 잘하잖아. 특별한 비결이 있어? 마음먹으면 바로 흘릴 수 있는 거야?"

초롬이가 시선을 피하며 작게 중얼거렸다.

"…할 줄 몰라. 눈물 연기."

"할 줄 모르는 게 아니라 알려주기 싫은 거겠지. 다 봤는데 모르긴 뭘 몰라."

기회를 포착한 미래가 놓치지 않고 시비를 걸었다. 보통 민우가 미래한테 저랬는데.

"조금만 알려주면 안 돼?"

도발의 표적을 빗나가게 만들기 위해 초롬이에게 더 다가가 주의를 끌었다. 미래에게 향해 있던 공격적인 눈빛을 거두며 초롬이가 어렵게 입을 열었다.

"어떻게 눈물을 마음대로 흘려. 그땐 역할에 몰입돼서 그런 거야. 오늘 너처럼. 그거 나한텐 연기 아니었어."

오늘 나와 같았다는 말에는 조롱이나 장난이 끼어들지 못할 만큼의 진지함이 녹아 있었다. 초롬이가 눈물을 흘렸던 게 뇌리에 깊게 남아 그날 어떤 독백 연기를 했었는지 기억하고 있다. 그건 친구에게 의심을 받는 상황극이었다.

"믿든 말든 상관은 없는데, 나도 내가 재수 없게 구는 거 알아. 일부러 더 그랬으니까. 전 학교에서 가장 친하다고 생각하는 애 두 명이 있었어. 근데 한 명은 알고 보니까 내 뒷담 까는 장본인이었고, 나머지 한 명도 동조하면서 나 벌레 보듯 했더라."

하기 싫은 숙제를 억지로 붙잡고 있는 사람처럼, 그러면서도 자신과는 무관한 사건을 말하는 것처럼 초롬이가 담담하면서도 빠르게 말을 이어갔다.

"뒷담 깐 이유는 몰라. 그냥 정신 차리니까 남자에 환장한 애가 돼 있었어. 여자 친구 있는 남자애한테도 꼬리 치고 다닌다나 뭐라나. 나중엔 내가 선생님도 꼬셨대. 부적절한 짓 하고, 비밀 만들어서 돈 뜯어낸다는 말까지 돌았어."

"그걸 듣고만 있었어?"

미래가 인상을 쓰며 묻자, 초롬이가 잔뜩 찡그린 얼굴로 짜증스럽게 답했다.

"내가 듣고만 있었겠어? 근데 아니라고 하면 뭐 해? 어차피 애들은 지들이 믿고 싶은 말만 믿는데. 아니 땐 굴뚝에 연기가 나겠냐고 말하는 애들도 있더라. 지들끼리 애먼 곳에 불 때고 있으면서 나보고 어쩌라고. 난 진짜 그런 적 없는데."

남의 비밀 가지고 장난친다는 소문을 듣고 말해 귀신이 당연히 초롬이 것이라고 생각했던 내가 부끄러웠다.

"아직도 열받아. 소문도 소문인데, 걔네를 친구라고 생각했던 게. 사람에 질려버렸어. 그래서 혼자가 되자, 다음 학교에서는 소문 개판 나도 남들과 멀어지자 싶었지. 그게 차라리 마음 편할 것 같아서."

거기까지 말한 초롬이가 작아지는 목소리로 말끝을 흐렸다.

"일부러 못되게 군 것도 그래서고…."

속내를 쏟아낸 초롬이가 나와 미래의 얼굴을 번갈아 보더니 숨을 크게 내뿜으며 이야기 꺼낸 걸 후회하듯 머리를 헝클였다. 정적이 흘렀고, 차분한 목소리로 먼저 말문을 연 사람은 미래였다.

"미안. 잘 알지도 못하면서 전 학교 어쩌고저쩌고 해서."

까칠하게 대꾸하려던 초롬이도 미래의 진지한 모습에 잠시 침묵하더니 나를 보며 말했다.

"나도 아까 미안. 철없어 보인다고 한 거. 진심 아니야."

집안 사정에 관한 이야기라는 걸, 그리고 그 이야기를 내가 꺼리는 걸 어렴풋이 느끼고 있던 건지 미래가 고개를 돌리며 딴청을 피웠다. 어떻게 이야기를 꺼내야 하나 고민이 깊어지는 와중에 초롬이가 예상치 못한 말을 했다.

"나 지금 부모님 친부모님 아니셔. 열 살까지 보육원에 있다가 입양됐어."

미래도 나도 아닌 척하려고 애썼지만, 동그랗게 커진 눈까지 숨기긴 어려웠다. 초롬이는 우리의 반응에도 동요하는 기색 없이 말을 이었다.

"난 지금 부모님이 좋아. 이유가 뭐든 날 두고 간 사람들보다 훨씬 존경하고. 책임감 없는 사람들…. 그러니까, 내 친부모. 아니라고 생각했는데 아직 원망스러운가 봐. 그래서 괜히 너한테 그랬던 거 같고. 집착이니 뭐니, 철이 없니 마니."

눈을 질끈 감았다가 뜬 초롬이가 숨을 골랐다.

"네가 나랑 똑같은 상황도 아닐 텐데, 다 안다는 듯이 굴어서 미안."

스마트폰을 만지작대는 초롬이를 보고, 그녀가 왜 사진에 집착하는지 깨달았다. 부모님께 보내드리는 거구나. 이번 학교에선 문제없다는 거 보여드리려고. 걱정시키고 싶지 않아서 그래서 그렇게 사진 찍을 때 밝게 웃었구나.

"나도 멋대로 오해했던 거 같아. 미안."

초롬이에게 사과하고 미래를 바라봤다.

"나 할 말 있어."

미래가 자세를 고쳐 잡으며 똑바로 나를 마주 봤다. 초롬이도 귀를 기울여줬다. 천천히 혼자 마음 구석에 가둬놓기만 했던 이야기를 풀기 시작했다. 처음엔 두서없이 나뒹굴던 단어들이 모일수록 물줄기를 만들며 거세게 흘러갔다.

어렸을 때 집에 불이 났던 일도, 아빠가 불을 피해 나를 안고 베란다에서 뛰어내린 일도, 미용실에서 부리나케 달려온 엄마가 병실에 누워 있는 나를 안고 울던 일도, 곧 아빠의 장례식을 치른 일도, 초등학교에서 우리 집 사정을 알게 된 여자애가 불쌍하다고 조롱했던 일도, 그래서 아빠의 일을 말하지 않게 됐다는 것도. 요즘 엄마가 새로운 사람을 만난다는 것과 그게 아빠를 배신하는 것처럼 느껴진다는 마음까지 모두 쏟아냈다. 언제부턴가 나는 울고 있었고, 뭉개지는 발음에도 초롬이와 미래는 지루한 기색 한번 없이 잠잠히 들어줬다. 이야기의 폭풍이 지나가고, 소나기가 멈출 때쯤 우리는 작은 침대에 옹기종기 모여 잠들었다.

밸브를 천천히 잠그며 무토가 손목에 걸린 팔찌를 정리했다. 이번에 유리의 머리 위로 쏟아부은 건 한 바가지 정도 되는 눈물이었다. 귀책에 걸리기 아슬아슬할 정도로 적은 양. 달리 해줄 수 있는 게 없었기에 저지른 일이지만, 다행히 싸움이 멈춘 것 같아 무토는 안심했다. 유리가 함부로 자신의 수조를 보지 말라고 언질을 주긴 했어도 이번엔 바다 나비의 날갯소리로 먼저 호출한 것이니 괜찮을 것이다.

밸브를 돌려서일까, 무토는 지상에 떨어지기 전 눈물 탱크의 밸브를 잡고 있던 순간을 떠올렸다. 밸브를 연 건 실수가 아니었다. 그렇다고 계획되어 있던 것도 아니었다. 여느 때와 다를 바 없이 무토는 야속할 정도로 꿈쩍하지 않는 계기판을 멍하니 바라보고 있었다.

계기판은 눈물 탱크의 용량을 표시하는 지표였다. 탱크 속 눈물들이 주인을 찾아가면 계기판의 날카로운 침은 왼쪽을 향했고, 새로 생산된 눈물이 배달될 때면 침은 오른쪽으로 기울었다. 주인을 찾아가는 눈물은 나날이 줄어드는데, 보석을 얻기 위해 혈안이 된 토끼들은 새로운 눈물들을 계속해서 보내왔다. 온전한 감정으로 클 준비를 마친 탱크 속 생명체들이 사람들에게 보내지지 못하고 폐기되어 갔다.

한계에 다다라 오른쪽 끝에서 파르르 떨리는 계기판의 침을 멍하니 바라보던 무토가 지령에 따라 폐기 버튼으로 손가락을 뻗을 때였다. 반짝이는 비늘을 가진 물고기가 눈물 탱크 벽면을 지나며 무토와 눈을 맞췄다. 탱크 속에서 태어나 자라는 모습까지 모두 지켜본 녀석이었다.

지금 하는 일이 옳은 일일까? 질문에 뚜렷한 답을 내놓는 대신 밸브를 무단으로 돌려 눈물을 방생했다. 지금도 무토는 자신이 왜 그렇게 행동했는지 제대로 설명하기 어려웠다. 하지만 곧 알게 되겠지. 구슬 하나가 주인을 찾아갔으니까. 남은 하나만 해결되면 무토는 원래 있던 하늘로 돌아가게 된다. 그리고 다시 재판을 받을 것이다. 모든 게 계획대로였다.

재판을 받은 눈물토끼는 벌을 이행한 뒤 다시 법정에 선다. 얼마나 성실하게 이행했는지, 자신의 죄를 뉘우치고 있는지에 따라 한 번 더 판결을 받게 된다. 진심으로 잘못을 뉘우친다면 순조롭게 재판이 마무리되겠으나, 간혹 전혀 반성하지 않는 눈물토끼에게는 가장 큰 형벌이 내려진다. 바로 '오아시스를 잃은 사막'에 보내지는 일이다.

유통기한이 지났다며 폐기된 눈물이 버려지는 곳. 숨만 쉬어도 입안이 모래로 가득해지는 그곳에 발을 들이면 모든 게 끝이 난다. 소문에는 순식간에 흔적조차 남지 않는다고 한다. 무토가 다른 눈물토끼와 달리 물방울 대신 하얀 털을 가졌다고 하더라도, 그곳에 발을 들인다면 돌아올 수는 없을 것이다. 무토는 그 끝을 원했다. 착실히 눈물을 회수한 이유도 다시 재판을 받기 위해서였다.

  이때까지 무토는 몰랐다. 한 바가지 유출된 소량의 눈물이 계획에 차질을 줄 정도로 크게 자랄지.

13.

귤맛 슈크림

다음 날 아침. 전쟁터에 남겨진 전우를 부여잡듯 미래가 나를 보며 소리쳤다.

"못 가! 널 두고 어떻게 가!"

"그만해."

내 손 위에 자신의 손을 포개며 비장하게 말하는 미래를 초롬이가 뒤에서 붙잡고 억지로 떼어냈다. 유리야, 하고 미래가 애타게 불러도 초롬이는 가차 없이 끌고 나갔다.

"그만 괴롭히고 좀 둬. 약 먹고 쉬어야 돼."

등짝을 두 대는 맞고서야 움직이는 미래에게 웃는 얼굴로 손을 흔들어줬다. 문이 닫히고 찾아온 고요함이 객실에 발을 들였으나, 지끈거리는 통증이 그를 내게서 두 걸음 물러나게 했다.

단순한 감기였다. 자고 일어나면 사라질 열기. 원인이라면 집히는 구석이 꽤 있었다. 일단은 체력부터가 바닥이었다. 제주도 이곳저곳 다니고, 연극까지 소화했으니 지칠 만했다. 거기에 바다에도 빠졌다가, 물벼락도 맞았다가. 오히려 멀쩡한 미래와 초롬이가 대단하게 느껴질 정도다.

다시 머리가 아프다. 다행히 두 발짝 떨어져 있는 고요함 옆을 지나친 노곤함이 내 곁으로 다가와 고통을 달래줬다. 눈을 감았다. 숨이 가라앉고 온몸에서 힘이 빠져나갔다.

어느새 자고 있었고, 어느 순간 깨어 있었다. 그 탓에 세상이 고장 난 필름처럼 장면, 장면 잘려 나갔다. 함께 숙소에 남으신 선생님이 상태를 보러 들어오시거나, 약을 들고 계시거나, 죽을 사 오시거나 하는 장면이 이어졌다. 조각 나 있는 기억을 모아봐도 나에겐 짧은 시간이었지만, 일어날 때마다 창문 밖에서 곁눈질하는 태양은 꾸준히 기울었다.

붉게 변해가는 하늘이 내 열을 가져가 주기라도 했는지 노을이 짙어질 때쯤 체온이 내려갔다. 똑똑똑, 방문을 두드리는 소리에 이번에도 선생님이 상태를 보러 온 거라고 생각했다. 침대에서 몸을 일으켜 들어오시길 기다리는데 비밀번호를 입력하는 전자음 대신 한 번 더 똑똑똑, 문을 두드리는 소리가 났다.

"누구세요?"

"나."

이름을 말해야지, '나'가 뭐야. 물론 목소리 때문에 누군지는 알 수 있었다. 문을 열자 방문 앞에서 멀뚱히 서 있는 민우와 눈이 마주쳤다.

"좀 괜찮아?"

"응. 많이 좋아졌어."

고개를 끄덕이며 민우 어깨 너머로 보이는 복도를 빼꼼 훑어봐도 다른 사람의 기척은 없었다.

"오늘 일정 벌써 끝났어? 다른 애들은."

"아직 투어 중일걸. 난 먼저 왔어."

자신의 오른손을 치켜드는 민우는 '왜'와 '어떻게'라는 물음을 한 번에 해치웠다. 압박 붕대가 감겨 있는 손을 흔들며 민우가 말했다.

"아까 장난치다 다쳤어."

"뭐 하다? 많이?"

"그냥 바위에서 애들이랑 놀다가. 피 좀 났는데, 별건 아니야."

피나서 붕대 감고 있는 게 별거 아니면 뭐가 별거야, 되물으려다가도 태평한 민우의 모습에 헛웃음만 났다. 민우의 멀쩡한 왼손에는 비닐봉지가 들려 있었다.

"너 아침부터 방에만 있었다며. 자, 받아."

비닐 안에는 붕어빵을 담을 때 쓰는 종이봉투가 들어 있었다. 안에는 붕어빵과 색은 같지만, 모양이 돌하르방인 빵이 담겨 있었다. 그래서 이름도 '돌하르빵'이었다. 혼자 먹기엔 꽤 양이 많았다.

"같이 먹자."

신발을 대충 구겨 신으며 방에서 나오자, 민우가 걱정스럽게 바라봤다.

"더 쉬어야 하는 거 아니야?"

"계속 누워만 있었더니 찌뿌둥해. 좀 움직이고 싶어."

돌하르빵 안에 든 노란 슈크림이 달콤해서 마음에 들었다. 숙소 주변을 걸으면서도 다람쥐처럼 입에 빵을 집어넣다 빤히 쳐다보는 민우의 시선이 느껴졌다. 민망해서 빵이 든 봉투를 내밀어도 민우가 괜찮다고 손짓했다.

"안에 든 거 귤이래. 귤로 만든 슈크림."

"암, 줨좌?"

빵을 가득 물고 있는 탓에 발음이 어눌했다. 내 모습이 웃겼는지 민우는 입꼬리를 올리다 고개를 돌려 표정을 숨겼다. 입안에 있는 빵을 꼭꼭 씹으며 머쓱하게 말했다.

"대놓고 웃어, 그냥. 더 민망해."

"아냐. 잘 먹는구나 싶어서."

"먹보구나 싶어?"

장난스럽게 물어도 오작동이 난 장난감 로봇처럼 민우가 고개를 뻣뻣하게 저었다. 너무 부자연스러워서 맞다고 장난을 치는 건지, 아니라고 부정해 주는 건지 알 수 없었다.

"미래였으면 바로 놀렸을 거면서."

"걔랑 너랑 같냐."

얘 좀 봐라. 아닌 척하면서 역시 미래한테 관심 있는 거 맞다니까. 간식도 받았겠다 답례라도 해주고 싶은 마음이 들었다. 마침 대화 나누기 좋아 보이는 벤치 하나가 눈앞에 있어 걸어갔다. 이제 보니 어제 초롬이와 한바탕 했던 자리였다. 저물어가는 노을 위로 얕게 깔리는 어둠을 따라 벌써부터 조명이 켜졌다. 불이 켜진 조명 사이에서 이 벤치 위 가로등만이 어제와 같이 혼자 눈을 붙이며 자고 있었다.

"얘는 아직도…. 앗."

가로등만 쳐다보고 걷다 넘어질 뻔했다. 발이 엉켜 넘어가는 걸 민우가 잡아줬다. 꽤 듬직했다.

"조심해."

"오, 그래 이런 거."

"갑자기 무슨 소리야?"

"나쁜 남자보다 다정한 사람 좋아해."

펭귄 무리가 담긴 구슬은 방에 두고 왔지만, 벤치에 앉으려다 멈칫하는 민우를 보자니 분명 반응했으리란 확신이 들었다.

"미래 말이야. 다정한 사람 좋아한다고. 너 걔 좋아하는 거 맞잖아."

안도인지 짜증인지 모를 깊은 한숨을 뱉으며 민우가 벤치에 몸을 깊숙이 묻었다.

"아니라고. 걘."

"솔직히 말해봐."

"진짜 만약에, 진짜 말도 안 되지만 내가 걔 좋아하면 진작 말했겠지. 초등학교 때부터 알던 사이인데."

"친구가 갑자기 여자로 보였어?"

"아니라고, 진짜. 걔 아니야."

"미래 아니면 누군데?"

"아니, 그….'

좋아하는 사람이 있긴 하다는 거네. 돌하르빵 하나를 입에 넣으며 오물오물 생각을 정리해 봤다. 알고 먹으니까 정말 귤맛이 났다.

"아, 설마."

돌하르빵을 잡은 손으로 가리키자, 민우는 수세에 몰린 초식동

물처럼 요동치는 눈동자로 꿀꺽 침을 삼켰다.

"최근이지?"

"최근…이라고 하면 최근이지."

"누군지 알겠다."

빠져도 단단히 빠진 모양이다. 붉은 하늘을 닮아가는 민우의 얼굴을 보고 있으니 그런 생각이 들었다. 사랑이라는 건 정말 주체가 안 되는 걸까. 엄마도 저런 표정을 지을까.

"초롬이구나. 맞지?"

대답을 들은 민우가 초조하게 공기를 들이마셨다. 맞구나, 초롬이. 일부로 사납게 말을 해서 그렇지, 전학 온 첫날부터 남자애들이 초롬이네 반 찾아갔던 거 생각하면 충분히 설득력 있었다.

"아니야. 너 진짜 몰라?"

민우가 목소리를 깔고 무게를 잡았지만 집중할 수 없었다. 저 멀리에서 펭귄 떼가 하늘을 가르며 날아오고 있었으니까. 피할 새도 없이 펭귄들은 여러 개의 물방울로 나누어져 내 얼굴을 때리고 지나치며 민우에게 들러붙었다. 아프지도, 축축하지도 않았지만 머리카락이 엉망이 돼버렸다. 물방울을 보지 못하는 민우은 그저 바람이 셌다고 느낀 모양이다.

"으."

민우의 몸에 붙어 눈을 끔벅거리는 물방울들이 징그러워 보여

인상을 찌푸리자, 민우의 안색이 어두워졌다.

"로그, 로그, 로그."

미래도 아니고, 초롬이도 아니면 민우는 대체 누굴 좋아하는 걸까? 수진이? 찬혁이랑 썸 타니까 아닐 거고. 로그 귀신들의 눈동자를 피하지 않으려고 안간힘을 쓰며 머리를 굴려도 도저히 집히는 구석이 없었다. 금방이라도 뽑혀 나올 것 같은 로그 귀신들의 눈깔에 마음이 급해졌다.

"누군데? 뭐, 나라도 좋아해?"

눈을 부릅뜨고 있던 로그 귀신들이 저희끼리 깔깔대며 만족스럽게 웃고는 민우에게로 스며들었다. 무섭던 얼굴들은 사라졌지만, 공포로 두근대던 심장이 다른 의미로 떨렸다.

"어… 혹시 진짜야?"

"다른 사람이었으면 안 빌려줬을 거야. 교복."

교복? 아, 빌렸었지. 무토 교복 만든다고 빌렸었다.

"연습 상대 부탁도 안 했을 거고."

이야기가 예상치 못한 방향으로 흘러갔다. 이러면 정말 나 좋아하는 거 같잖아.

"나라고? 진짜 나? 왜?"

"너 항상 남 챙기잖아."

"내가? 언제?"

"서초롬 처음 와서 막말할 때도 혼자 남아서 챙겼잖아. 수학여행 와서도 같이 다녔다며."

"아니, 그건…."

그게 그렇게 되나. 수학여행 와서 초롬이한테 말을 걸었던 건 나처럼 혼자 같아서 그런 건데. 초롬이가 동아리에 온 날에는 피자집에서 봤을까 봐 그런 거고.

"그것도 그렇고. 너 연기를 수학 공부처럼 하잖아."

"칭찬이야?"

"내신에 들어가는 것도 아닌데 문제집 풀듯이 반복하고, 반복하고."

"그야 좋아하니까."

"좋아하는 거 열심히 하는 모습이 멋있어. 내가 연기 왜 하냐고 물어봤었잖아."

로그 귀신을 처음 본 날. 그러니까 민우가 2인극 연습 상대를 요청했던 날에 그런 비슷한 질문을 했었다.

"내가 동아리 열심히 하는 이유는 너야."

하늘도 모른 체 해주는 것처럼 붉은 눈동자를 검게 감았다. 대신 익살쟁이처럼 혼자 잠에 빠져 있던 가로등이 반짝 눈을 뜨며 민우를 내리비추었다.

"나 너 좋아해."

기분이 이상했다. 누가 나를 좋아한다는 게. 답답하면서도 엇박자로 뛰는 심장이 설레는 건지, 불편한 건지 판단하기 어려웠다. 생각할 시간을 줘, 그런 드라마에서나 보던 대사를 흉내 내는 것만으로도 얼굴이 화끈댔다.

일정을 마치고 돌아온 미래와 초롬이는 내 얼굴을 보고 아직도 열이 나냐며 걱정했다. 둘러대려다 또 미래에게 숨기는 기분이 들어 민우와 있었던 일을 솔직히 고백했다. 초롬이는 미래의 눈치를 살피며 민우와의 관계를 의심했지만, 미래는 소름 끼치는 소리 말라며 질색하다가 나를 붙들고 '그딴 놈한테 못 준다'라는 입장을 밝혔다.

고개를 절레절레 저으며 별일 아니라고 치부하려고 해도 민우의 얼굴이 자꾸만 맴돌았다. 미래에게 오늘 하루 어땠는지 듣기도 하고, 초롬이가 산 기념품을 구경하기도 하면서 다른 곳으로 시선을 분산시키려고 노력했다. 제법 효과가 좋았다. 침대에 눕기 전까지는. 문제는 자려고 누웠을 때였다. 불이 꺼지고 방에 돌아온 고요는 아침과 마찬가지로 내게서 두 걸음 떨어져 있었다.

내가 왜 좋지? 진심인가? 언제부터? 못된 장난 아닐까, 대답은 언제까지 해줘야 하는 거지, 뭐라고 대답해, 난 민우 어떻지, 싫은가? 막 싫은 건 아니야. 그럼 좋아? 이성으로 생각해 본 적 없어.

어색해질까, 어떻게 대해야 하지.

감기로 종일 잤던 탓에 밤이 되어도 뒤척이는 몸짓이 잦아들지 않았다. 마지막으로 시간을 확인했을 때는 새벽 3시였다.

가장 늦게 잠들었으면서도 제일 먼저 일어나 준비하던 초롬이보다 더 일찍 일어났다. 조금 잤는데도 정신이 또렷했다.

"벌써 일어났어?"

헤어드라이어 소리에 잠에서 깬 미래가 눈을 비비며 입을 쩍 벌리고 기지개를 켰다.

"하루 날렸으니까 더 부지런해야지."

3박 4일 수학여행의 마지막 날. 숙소에서 조식을 먹고 이동한 곳은 자연사 박물관이었다. 건물 입구에 사람보다 큰 돌하르방을 발견한 초롬이가 스마트폰을 들었고, 이제는 미래도 나도 자연스럽게 초롬이에게 딱 붙어 사진을 찍었다. 마음에 들었는지 초롬이는 사진을 배경 화면으로 지정했다. 그 모습을 지켜보며 미래와 함께 미소를 짓자 초롬이가 민망한지 괜스레 툴툴댔다.

박물관 안으로 들어가자 방금 본 돌하르방의 크기가 무색할 정도로 커다란 고래의 뼈가 시선을 사로잡았다. 자연사 박물관은 규모가 꽤 커서 제주도가 생겨나게 된 화산 폭발 이야기라든지, 전통 의상이나 옷, 음식 등 볼거리가 다양했다.

자연사 박물관에서 오전 일정을 끝내고, 점심을 먹은 뒤 이동한 곳은 수목원이었다. 두 반씩 그룹을 지어 다니던 일정과 다르게 마지막 코스인 수목원은 모든 반이 모였다. 오후 3시까지 자유 시간을 마치면 다 함께 제주공항으로 출발할 예정이다.

반 전부가 모였다는 걸 깨닫자 나도 모르게 예민하게 주위를 살폈다. 친구들 사이에서 거짓말처럼 민우가 보였고, 마찬가지로 나를 발견한 민우가 성큼성큼 다가왔다.

뭐라 하지, 대답해 줘야 하나, 아직 마음을 정하지 못했는데. 어깨를 무겁게 만드는 생각들이 발을 묶었다.

"먹어."

"어?"

민우가 내민 봉투에는 달콤한 냄새가 물씬 풍기는 돌하르빵이 담겨 있었다. 어제보다 양이 많았다.

"좋아하길래."

"아, 고마워."

봉투를 내게 건넨 민우는 고개를 끄덕이곤 자기 친구들에게 돌아갔다. 평소와 특별히 다르지 않은 것 같으면서도 기분이 묘했다. 일부러 한 발짝 떨어져 모른 척하고 있던 미래와 초롬이가 옆구리를 툭 찔렀다.

"진짜 좋아하나 본데?"

미래와 초롬이가 짓궂게 장난을 쳐서 가뜩이나 혼란스러운 머리가 더 뜨거웠다. 내 열기가 전해져서일까? 수목원 일정이 끝나서도, 공항에서도, 돌아오는 비행기에서도 돌하르빵은 따뜻했다. 그 온기를 선잠이 든 친구들 사이에서 살며시 입에 담았다.

14.

약속

5월 31일. 이제 5월도 끝이구나. 제주도에서 기념품으로 산 귤 모양 모자를 무토가 좋아해 줄지는 의문이었지만, 그렇다고 초콜릿을 사 올 순 없었다. 별자리 눈동자라고 했나? 눈물토끼들이 맛만을 위해 만든 과자랑 비교될 것 같아 피했다. 귤 모양 모자에는 깜찍한 눈과 입이 달려 있었다. 무뚝뚝한 얼굴로 모자를 쓰고 있는 무토의 모습을 상상하니 벌써 미소가 지어졌다.

"어?"

물방울 모양 입구의 손잡이를 손에 쥔 순간 뭔가 이상함이 느껴졌다. 처음 수족관에 발을 들일 때와는 확연히 비교될 정도로 문은 가벼운 힘에도 쉽게 열렸다. 새것 같던 경첩도 아주 오래된 것처럼 녹이 슬어 끼이익 기침하기 바빴다. 내부는 온통 깜깜했다. 선뜻 발을 들이기가 어려웠다. 발을 디디면 들려오던 멜로디는 딱딱한 발소리가 대신했다. 은은하게 출렁이던 물결은 어디에도 찾아볼 수 없었다. 잘못 찾아왔나 싶어 문밖을 살폈다. 입구 바닥에 '수족관'이라고 새겨진 회색 돌은 오랜 세월이 지나기라도 한 듯 이끼가 피어 있었다.

"무토?"

목소리의 울림을 몇 차례 쪼개는 공간은 소리를 삼키기만 할 뿐 뱉어내는 게 없었다. 스마트폰 플래시를 켜 안을 비춰도 꽉 막힌 콘크리트 벽이 깊게 이어진 통로는 모른다는 듯 시치미를 뗐다.

"무토!"

짤랑, 팔에 걸린 바다 나비 팔찌의 떨림과 함께 어둠 끄트머리에서 귀를 간질이는 부드러운 노랫소리가 들려왔다. 스마트폰 불빛을 비춰보자, 바닥에는 내 팔찌와 똑같은 팔찌가 놓여 있었다. 검은 수첩도 하나 보였다. 팔찌도, 수첩도 정갈하게 정리된 모양새는 아니었다. 바닥에 아무렇게나 널브러져 분실물에 가까웠다.

두 물건을 냉큼 집어 확인했다. 똑같이 공명하는 팔찌는 무토의 것이 분명했다. 검은 수첩의 표지에도 하얀 글씨로 또박또박 이름이 적혀 있었다.

[기록]

1. 눈물 그릇 동기화 실패.

작업 중 간섭으로 인해 토끼 귀 노출. 외관 외 치명적인 기능 오류 없음. 팔다리를 비롯한 관절부 정상 작동, 미세 근육 조정에도 이상 없음. 오감 판별 모두 이상 없음.

천천히 펼쳐본 수첩에는 눈물에 대한 것들이 적혀 있었다. 모아야 하는 양을 표시하기도, 눈물 그릇이 깨진 이유도, 처음 날 만났던 이야기도.

눈물 회수 완료 후 처리.

눈물을 회수하고 난 후에 나를 처리하는 방안도.

"뭐야, 이게."

쉽게 수거할 수 있는 눈물들도 있었지만 빠르게 성장한 눈물을 찾기 어렵다는 내용과 성장한 눈물이 노리는 사람을 발견했다는 것. 그리고 그 사람을 이용하기 위한 계획이 화살표로 이어졌다. 화살표 끝에 박힌 '한유리'라는 이름이 날카롭게 가슴을 찔렀다.

빠르게 성장한 눈물이 나를 노리는 이유에는 '눈물 탱크 유출 당시 그 소녀를 생각했기 때문?'이라는 글자가 쓰여있었다. 강한 눈물이 나와 연관된 건 그저 우연이라고 생각했다. 하지만 달리 이유가 있던 걸까? 무토는 그런 이야기를 한 적이 없었다. 뒤잇는 '한유리. 수조를 통해 예전에 봤던 소녀와 동일 인물임을 확인'이라는 문구가 머리를 때렸다. 심장이 빠르게 뛰기 시작했다. 무토는 처음부터 나를 알고 있던 건가?

눈물을 모으기 위해 내게 협조를 구한 내용이 이어졌다. 이미 다 알고 있는 사실인데도 반듯하게 적힌 글자들은 목적만 느껴져 낯설었다. 따뜻한 캐머마일 향기도, 후후 불어먹던 매콤한 라면의 온기도, 입안을 가득 채우는 과자의 부드러움도 느낄 수 없는 딱딱한 단어들뿐이었다.

'무토에게 나는 그저 목적을 이루기 위한 수단이었을까?'

돌연 무토가 초등학교 때 반 아이와 같은 표정을 짓는 게 그려졌다. 앞에선 친근한 척 굴다 뒤에선 불쌍하다 비웃던 반 아이를 무토와 겹쳐본 자신이 싫었다. 그러면서도 의심이 자꾸만 피어났다. 옅게 떨리는 손가락으로 무토의 수첩을 계속해서 펼쳐갔다. 계속해서 이어지는 짧은 단어들 끝에서 문장을 발견했다.

사실은 가치 없는 게 아닐까. 눈물도, 나도.

건조한 문구들 사이에서 처음으로 감정이 느껴졌다. 다시 짧은 단어들이 줄줄이 이어지다 긴 문장이 나타나는 부분을 찾았다. 눈물 탱크의 밸브를 연 이유와 눈물을 수거해 재판을 다시 받겠다는 것, 그리고 모든 걸 끝내겠다는 내용이 그러했다. 그다음부터는 문장이 자주 나오더니, 후반부는 전부 문장이었다. 무토의 감정이 가득했다. 나는 한참을 서서 수첩을 가만히 읽어내렸다.

"한유리 씨."

인기척 하나 없던 공간에 불쑥 목소리가 끼어들어 나도 모르게 소리를 질렀다. 스마트폰 불빛을 정통으로 맞은 목소리의 주인은 눈가를 찌푸렸다. 놀란 가슴을 진정시키며 조심스럽게 물었다.

"누구세요…?"

검은 정장에 숨이 막힐 것 같은 검은 넥타이를 매고 있는 남자였다. 테가 얇고 각이 진 은색 안경은 그의 날카로운 눈매를 더욱 선명하게 만들었다. 8 대 2로 갈라져 고정된 머리는 잔털 하나 삐져나오지 않았으며, 흔들림도 없었다.

"불 좀 치워주시죠."

초롬이와 비교해도 지지 않을 까칠한 목소리였다. 서둘러 스마트폰을 치우자, 안경을 고쳐 쓴 남자가 말을 이었다.

"당신의 수조로 사건 경위는 확인했습니다."

눈물 탱크라는 단어를 자연스럽게 사용하는 모습에 그가 입고 있는 정장 속 와이셔츠로 자연스럽게 시선이 갔다. 옷깃 위에 박힌 크고 작은 세 개의 물방울 자수. 무토가 처음 입고 있었던 것과 같은 옷이었다.

"본래라면 출처 은닉팀이 먼저 나서 당신의 기억을 지웠을 겁니다. 그가 제 발로 돌아온 탓에 소란이 커져 일정이 미뤄지곤 있지만, 재판이 끝나면 바로 움직이겠죠."

빠르게 쏟아지는 그의 말과 고압적인 목소리는 듣고 있으면 괜히 움츠러들었다.

"그러니, 그 전에…. 이런 부탁을 하는 게 저도 처음이라 굉장히 어색하지만."

답답한 듯 넥타이를 매만지며 강경한 태도에 틈을 보이는 것도 잠시 그가 눈을 똑바로 마주치곤 물러섬 없이 말했다.

"당신의 도움이 필요합니다."

⁂

작별을 고했다면 좋았을까. 그동안 눈물을 모으느라 고생했다거나, 구슬을 주인에게 모두 돌려줘서 고맙다던가. 거짓이라도 다음에 다시 만나자고 했다면 어땠을까? 결국 마침표로 끝날 말들은 쓸쓸함만 자아냈을까.

"봤어? 진짜 눈물 한 방울 안 나오던데."

원치 않아도 들리는 속삭임이 이어지는 잡념을 싹둑 잘라냈다. 무토는 때때로 길쭉한 귀가 불편하게 느껴졌다. 남들이 자신을 보며 무어라 떠드는지 싫어도 알게 되니까. 타인의 조롱과 비난 섞인 웃음은 예전처럼 마음을 짓누르진 못했지만, 그렇다고 완전히 익숙해지는 것도 아니었다.

그에게 다름과 틀림은 큰 차이가 없었다. 검은 머리에 10대 후반 정도로 보이는 외모. 껍데기를 속여도 안에 든 것은 결국 눈물 한 방울 만들지 못하는 쓸모없는 눈물토끼였다. 알면서도 눈물 그릇을 여전히 입고 있는 까닭은 동등한 취급을 받았던 지상에서의 미련 같은 것이었다.

망설임이 없었냐고 묻는다면 대답하기 곤란했다. 허나 그게 무슨 의미가 있겠는가. 아쉬움에 인사를 나눠도 달라질 건 없는데. 눈물과도 같았다. 행한다고 해서 해결될 문제는 아무것도 없었다. 괜히 약해 보일 뿐이다.

"지금부터 눈물 무단 유출 사건의 재판을 시작하겠습니다."

변호인석이 빈 채로 재판이 시작됐다. 당연했다. 지난번 변호사들의 말도 무시하고 멋대로 행동한 건 자신이었다. 진흙으로 엉망이 된 물처럼 탁한 눈동자를 한 무토는 구태여 권리를 주장할 마음이 들지 않았다. 방청석 맨 앞자리에 앉은 눈물 관리 임원들이 그런 무토를 보며 미소 지었다.

"피고는 신성한 재판장에서 '눈물이 정말 필요하냐'라는 질문으로 눈물을 모독했습니다. 이 점만 보더라도 피고가 가진 반사회적인 성향을 알 수 있습니다."

검사복을 입은 눈물토끼는 이전에 봤던 눈이 매섭던 토끼가 아니었다. 혀 밑에 햄버거 하나를 숨겨 놓은 것처럼 턱이 볼록한 검사 토끼는 흥분한 듯 몸속에서 붉은 물방울을 보글보글 끓이면서도 방청석 앞줄에 앉은 임원들의 눈치를 부지런히 살폈다.

"또한, 유출한 눈물을 발견했음에도 제대로 수거하지 않고 멋대로 다른 사람에게 양도한 점에서 죄를 뉘우치고 있다고 보기 어렵습니다."

검사의 열변에도 무토는 가만히 눈을 감았다. 하얀 털을 가진 그는 물방울을 만들지는 못해도 눈물에 젖을 수는 있었다. 성인식 때도 그랬다. 그는 다른 눈물토끼들처럼 물방울을 나누진 못했으나, 사방을 돌아다니며 다른 색의 눈물들로 축축해진 자신을 보며 똑같이 성인식을 치른 거라고 스스로를 다독였다.

차별받으면서도 눈물을 사랑했기에, 그 가치를 믿었기에 남들보다 노력했다. 보석 모으기가 어렵다며 꺼리는 눈물 탱크 관리직도 그에겐 자랑스러운 일이었다. 보석의 반짝임에 홀려 가진 개수를 자랑하는 이들 사이에서도 그는 한눈을 팔지 않았다. 팔 수 없었다. 무토가 온 정성을 들여 태어난 감정들은 그에겐 값어치를 매길 수 있는 것이 아니었다. 탱크 속 눈물들이 주인을 찾아갈 때면 심장을 울리는 보람이 언제나 생생했다.

'폐기해.'

나약했다. 나약한 스스로를 저주했다. 눈물 탱크 관리직에서 쫓겨날 게 두려웠나, 남들이 그리하니 자신도 그럴 수밖에 없다며 진실을 외면했나. 이유는 중요하지 않았다 중요한 건 결국 그가 명령에 따라 이미 태어난 감정과 눈물을 처분했다는 것이었다.

"말해보세요. 피고. 정말 죄를 뉘우치고 있습니까?"

검사가 반성하냐고 물었다. 다시 돌아간다면 그렇게 하지 않을 거냐고. 밸브를 쥔 손을 막을 거냐고. 아니, 오히려 진작 그렇게 하지 못했음을 뼈저리게 후회한다. 무토는 맞닥뜨릴 처벌을 담담히 받아들일 생각이었다. 그들이 멋대로 선고하던 유통기한이 자신에게도 붙었을 뿐이었다. 무토는 솟구치는 감정들을 버리기로 했다. 눈물 탱크를 버렸듯이.

마른 입술이 끝을 고하려는 순간, 벌컥 법정의 문이 열렸다.

"늦어서 죄송합니다."

그는 성큼성큼 비어 있던 변호인석을 채웠다. 처음 무토가 재판을 받을 때 검사 측에 있던 눈물토끼였다. 방청석 앞줄에서 일렁이는 불만은 매서운 눈빛에 금세 누그러들었다.

"모든 피고는 변호를 받을 권리가 있습니다."

변호인석에 앉은 눈물토끼는 임원들이 특히나 까다로워하는 대상이어서 다들 시선을 피하기 바빴다. 그중에서도 지난번 무토에게 윽박지르던 임원은 토끼굴이라도 판 듯 몸이 반 이상 구겨졌다.

"전에 본 적 있죠? 제 이름은 '강'입니다. 지금부터 제가 하는…."

"필요 없습니다."

무슨 의미가 있을까. 비참하게 쓸려간 눈물과 감정이 돌아오는 것도 아닌데. 무토는 쉬고 싶었다. 오아시스를 잃은 사막에 보내져 모든 게 끝나길 원했다. 그런 그의 생각을 읽기라도 한 것처럼 강은 숨을 길게 삼키다가 표정을 바꾸며 마음을 다잡았다.

"당신이 눈물의 가치에 관해 묻지 않았습니까. 저는 그걸 증명하러 왔을 뿐입니다."

지난 재판에서 눈물의 가치를 들먹이던 무토의 말이 그에겐 아직도 선명했다. 본래라면 이번에도 변호인석 반대편에 앉아 무토의 변론을 산산조각 낼 요량이었다. 하지만 준비를 철저히 하면 할수록 무시하기 어려운 찝찝한 구석이 자꾸만 나타났다.

눈물 사용량 저하로 눈물 관리국의 국장이 교체되고 얼마 후 눈물 폐기 명령이 승인됐다. 눈물에도 유통기한이 있다는 연구 결과가 근거였다. 강은 제일 먼저 폐기 처분이 내려진 눈물의 표본을 취득하려고 했다. 하지만 정식 절차를 거친 요청에도 관리팀은 강의 요청을 번번이 거절했다.

최초 폐기 판정을 받은 눈물 역시 탐욕에 눈이 먼 임원들이 임의로 오염시켜 만든 조작 결과였다. 이를 확신하는 데까지 강에게도 많은 일이 있었다.

자리에서 일어나 두꺼운 서류 뭉치를 제출하는 강을 향해 검사 눈물토끼가 핀잔을 줬다.

"피고가 눈물을 제대로 회수하지 못했다는 사실은 변함이 없습니다."

"이의 있습니다, 재판장님. 해당 눈물은 피고가 임의로 양도한 것이 아닌 성장한 감정이 자연스럽게 자리를 잡은 것입니다. 제출한 자료 중 참조 13번 페이지를 확인해 주시기 바랍니다."

강은 앞줄에 앉은 임원들에게 눈을 부라렸다. 하나같이 강과 입씨름을 하다 말고 도망친 작자들이었다. 그들 대부분이 현재 부정 재산 취득 건으로 강과 다투고 있다.

"이상한 일이죠. 유통기한을 넘겨 폐기 처분이 내려진 눈물이 정상적으로 작동한다는 점 말입니다. 조사 결과, 이번이 처음이 아닙니다. 눈물에 유통기한이 없다는 의심을 뒷받침하는 내용으로 참조 18페이지부터 45페이지까지를 증거로 제출합니다."

눈에 띄게 분주해지는 방청석에 임원들이 검사 측을 보며 인상을 썼다. 몸에서 물이 빠르게 흘러내리는 검사 측 눈물토끼가 재빨리 재판장에게 호소했다.

"재판장님. 이번 재판은 피고의 눈물 무단 유출 건으로, 변호 측에서 주장하는 내용은 사건의 본질과 너무나 동떨어져 있습니다. 주제에 벗어난 발언이 재판의 공정성을 해칠 수 있으니, 이의 제기합니다."

"이의를 받아들입니다. 변호인, 발언을 신중히 하시기 바랍니다."

임원들은 불편한 표정으로 자리를 고쳐 앉았고, 강은 주먹을 꽉 말아 쥐며 감정을 다스렸다. 아직 그들의 부정행위에 대해서는 깔끔하게 결론이 난 상황이 아니었다. 언젠가는 모두 밝혀낼 터였지만, 오늘은 시기가 맞지 않았다.

"주인을 찾지 못한 눈물과 성장한 눈물은 차이가 큽니다. 성장한 눈물을 억지로 한곳에 보관하다 발생하는 폭발 사고가 그 예시입니다. 피고는 이를 인지하고, 눈물이 제자리를 찾을 수 있도록 도왔습니다. 이는 눈물을 성실히 수거한 행위와 동일한 수준의 책임감 있는 행동임을 참작해 주시기 바랍니다."

강이 발언을 끝내는 동시에 기다렸다는 듯 검사 측 토끼가 반박했다.

"변호인 측의 주장은 다소 편향된 해석이라고 생각합니다. 성장한 눈물을 억지로 수거하는 것이 피해를 초래할 수 있다는 주장은, 명백히 피고의 책임을 회피하려는 시도로 보입니다. 피고는 규정에 따라 정당한 절차를 밟아야 했으며, 이를 무시한 행위는 결코 정당화될 수 없습니다."

"재판장님, 검사의 주장은 피고의 행동을 지나치게 경직된 규정의 틀에 가두려는 시도로 보입니다. 피고는 단지 규정을 따르기보다는, 상황의 특수성을 고려해 피해를 최소화하기 위한 최선의 조치를 취했습니다. 피고의 행동은 책임을 회피한 것이 아니라, 오히려 상황을 올바르게 판단하여 피해를 예방하려는 책임감 있는 선택이었다는 점을 다시 한번 강조해 드립니다."

두 눈물토끼가 강하게 자신의 주장을 피력할수록 방청석 쪽도 술렁이기 시작했다. 성장한 눈물을 최우선으로 해야 한다는 이야기가 적지 않았지만, 절차를 우선시해야 한다는 의견이 강했다.

"피고의 행위에 정당성이 있음을 입증해 줄 핵심 증인이 있습니다. 증인을 출석시켜 이 중요한 사실을 명확히 밝힐 수 있도록 허가해 주시기 바랍니다."

강은 상황을 뒤집을 카드가 필요했다. 일종의 도박이나 다름없었으나, 조사를 통해 자신이 무토를 변호하기로 결심한 시점부터 수단을 가릴 여유는 없었다.

무토가 법정에 들어섰을 때도, 눈물을 관리하는 총괄 임원 몇

명이 방청석에 들어섰을 때도 토끼들은 술렁였다. 하지만 그것과는 비교도 되지 않을 정도로, 증인을 확인한 토끼들은 소스라치며 소란스러워졌다. 재판장마저도 꿀꺽 침을 삼키는 게 보였다.

   인간이었다.

   눈매가 매서운 남자는 자신을 눈물토끼라고 설명했다. 유리는 그가 욕조에 받아놓은 물속으로 모습을 감출 때까지만 해도 따라가기를 망설였으나, 무토를 떠올리며 마찬가지로 욕조에 몸을 던졌다. 풍덩, 물에 빠질 걸 각오한 것과 달리 부드러운 바람이 유리의 얼굴을 스쳤다. 질끈 감은 눈을 천천히 떴을 때는 이미 다른 세상에 도착해 있었다.

   사방이 물방울로 만들어진 토끼들로 가득했다. 분홍색, 초록색, 파란색, 빨간색 토끼만이 아니라 건물들도 색이 들어간 유리로 가득해 빛을 받아 알록달록 반짝였다. 수족관에서 들었던 것보다 다양한 멜로디가 발밑에서 어우러졌다. 박자가 빠른 노래와 느릿한 노래가 번갈아 가며 울렸고, 모두 처음 들어보는데도 듣기 싫지 않았다. 바닥은 물기로 가득하면서도 공기는 습하지 않고 달콤한 향기가 났다. 배수로는 따로 보이지 않았다. 그런데도 바닥을 적시는 물들은 살아 있는 물고기처럼 어디론가 흘러갔다. 공원에는 다 함께 빙글빙글 춤을 추고, 물방울을 부딪치며 노는 토끼들이 보였다. 호기심으로 주위를 살피는 유리와 달리 눈물토끼들은 유리와 눈이 마주치면 하던 일을 멈추고 꼬리 빠지게 도망을 쳤다.

매서운 눈매를 가진 눈물토끼를 따라 도착한 곳은 대기실이었다. 신호를 주기 전까지 유리는 이곳에서 기다리기로 했다. 대기실에는 재판장이 실시간으로 보이는 모니터가 놓여 있었다. 그곳에 무토가 있었다. 그는 늘 비슷한 표정을 짓고 있었고 이번에도 속내를 읽기 어려운 얼굴이었다. 유리는 왜인지 그가 외로워 보였다.

무토의 옆에는 도움을 청한 남자가 있었다. 눈물 그릇을 벗고 토끼 모습으로 돌아간 남자는 눈빛이 사납다고는 해도 훨씬 귀엽게 느껴졌다. 작은 손을 흔들어 그가 유리에게 신호를 보내고 있었다. 유리가 의자에서 일어나 허리를 숙여 작은 문으로 들어갔다.

재판장에 들어온 유리가 가장 먼저 찾은 것은 무토였다. 유리는 모니터로 봤을 때보다도 수척한 모습의 무토가 마음에 걸렸다. 유리와 눈이 마주친 무토의 얼굴에 금이 갔다. 처음 만났을 때와 비교하자면 차이가 컸다. 무던하고 건조하기만 했던 얼굴에선 여러 감정이 춤을 췄고, 신비롭던 짙은 홍갈색 눈동자도 익숙했다. 그의 낯선 모든 것들이 이제는 친근했다. 무토도 같은 생각을 할까? 묻고 싶었으나 소란스러운 다른 토끼들로 인해 유리는 전할 수 없었다.

유리의 등장에 유치원 아이들처럼 허둥대던 토끼들은 이러지도 저러지도 못한 채 겁을 먹었다.

"당신은 이 사건에 대해 알고 있는 바를 진실로 답할 것을 선서하시겠습니까?"

무겁게 내려앉은 재판장의 목소리에 혼란스러웠던 방청석이 조금은 차분해졌다. 거짓을 말하면 위증의 죄로 처벌받겠다는 선언을 마치자, 변호 측에서 유리에게 질문을 던졌다.

"증인은 피고가 눈물을 회수하는 모습을 바로 옆에서 지켜봤죠?"

이곳으로 넘어오기 전에 강이 미리 언질을 주어 유리는 어렵지 않게 질문에 답할 수 있었다. 말해 귀신과 로그 귀신에게 있었던 일을 열거하며 무토가 과격해진 눈물들을 성실하게 회수했다는 이야기와 성숙한 눈물을 주인에게 돌려주기 위해 진심으로 신경 쓰던 무토의 모습을 강조했다. 공포에 떨던 토끼들도 유리의 입에서 눈물 이야기가 나올 때면 귀를 쫑긋하며 관심을 가졌다. 눈물을 돌려준 덕에 친구들과 오해를 풀고 관계를 개선했다는 이야기를 더했을 때는 감동에 훌쩍이는 토끼까지 있었다.

"눈물을 되찾는 게, 그럴 만한 가치가 있는 일이었습니까."

변호인 쪽으로 힘이 실리는 와중에 산통을 깨버린 건 검사 측도, 방청석 측도 아니었다. 피고 자리에 앉은 무토였다. 유리가 언질 받은 내용 중에는 없는 질문이었다. 이를 악물고 있는 강의 모습을 보며 유리는 온전히 자신이 답해야 하는 상황임을 인지했다.

"눈물이 정말 필요하다고 생각합니까?"

무토는 화가 나 보였다. 동시에 슬퍼 보였다. 무엇에 화가 났는지, 무엇이 그토록 슬픈지 명확히 알기는 어려웠다. 다만 무토는 비슷한 질문을 유리에게 한 적이 있었다. 왜 울지 않는 거냐고.

"울어도 해결되는 문제는 없어요. 약해 보이기만 하고요."

그때와 똑같이 유리가 답했고, 감동에 벅차올랐던 토끼들은 경악스러운 얼굴로 몸에서 물방울을 끊임없이 뿜었다. 무토 또한 그때와 같은 표정으로 입을 닫았다.

"그렇게 생각했어요. 얼마 전까지는."

땅을 향해 떨어지던 무토의 고개가 우뚝 멈추었다.

"하지만 지금은 아니에요."

완벽했으면 좋겠다고 생각했다. 슬퍼하고, 울고, 약해지는 자신이 싫었고, 그런 감정을 느낄 만한 것들은 떠올리려고도 하지 않았다. 하지만 피해만 다니면 새침데기 왕자가 돼버릴 것이다. 평생 후회했던 왕처럼 되거나.

"맞아요. 눈물이 문제를 해결해 주진 않아요. 하지만 울기 싫어서, 약해 보이기 싫어서 마주하지도 않으면 어떻게 문제를 해결하겠어요."

무토가 홀로 더러워진 길목을 청소하던 때가 떠올랐다. 언제를 가리켜 다 컸다고 하는지, 왜 다 크면 울지 못하는지 그때는 대답하지 못했다. 지금이라면 분명하게 대답해 줄 수 있을 것 같다.

"컸다고 울지 않는 건, 그냥 비겁하게 도망치는 일이에요. 자기 마음에서요. 불편해서 모른 척 외면하고 감정을 아무렇게나 버리는 행동이잖아요. 근데 그러면 안 되잖아요. 내가 지금 어떤지, 어떤 마음인지 피하면 안 되는 거잖아요."

모르는 척하고 피하는 편이 더 쉽다. 무서운 귀신과 싸우는 것보다는 숨는 게 나은 것처럼. 하지만 말해 귀신도, 로그 귀신도 알고 보면 아무것도 아니었다. 지레 불안에 떨었던 걸 떠올리면 감정도 마찬가지일 것 같았다.

"약한 사람이 운다고 생각했는데 아니었어요. 약하면 도망치는 게 더 쉬우니까요. 감정을 똑바로 마주하는 사람이야말로 눈물을 흘린다고 생각해요. 기뻐서 우는 것도, 슬퍼서 우는 것도요."

친구들과 슬픔을 나눌 수 있게 해주었다. 몰랐던 마음을 눈치채게 해주었다. 괴로웠던 일을 받아들일 수 있게 해주었다.

"눈물은 나를 알게 해줘요."

그리고 너를 알게 해주었다.

"저는 눈물이 필요하다고 생각합니다."

꺼져가던 나뭇더미에서 불꽃이 살아나는 것처럼 무토의 눈동자에서 죽어가던 생기가 출렁였다. 무토는 뜨겁게 달군 숯덩이를 삼킨 것처럼 마음이 아렸다. 실망으로 끝이 날 걸 알면서도 괜한 기대가 피어올랐다. 남들 몰래 숨을 깊게 고른 무토가 지긋이 이를 악물었다. 더는 괴로워하고 싶지 않았다. 모든 게 끝나기만 그저 바랐다.

"가치 있어요. 눈물도, 무토도."

유리가 무토를 응시했다. 우울함에 빠진 무토가 수첩에 적어낸 슬픔. 그것에 대한 유리의 대답이었다. 무토는 흔들렸다. 하지만 흔들리고 싶지 않았다.

"착각이야. 넌 날 오해하고 있어."

어떤 마음도 싹둑 단칼에 잘라내 버릴 만큼 날카로운 말이 필요했다.

"아니, 속았다는 표현이 더 적합해. 난 처음부터 널 이용했어. 다 알고 접근한 거야."

슬픔 지수가 가득 찼으면서도 입술이 창백해지도록 깨문 채 눈물을 삼켜내던 소녀. 시간이 지나도 여전히 선명한 그 슬픔을 무토는 기억하고 있다. 그리고 그 소녀가 무엇 때문에 그토록 아파했는지도 알고 있다. 알고 있으면서도, 알고 있으므로 잔혹하게 내뱉었다.

"유출 당시 눈물들은 내 생각에 반응했어. 난 불쌍한 소녀 한 명을 떠올리고 있었고."

불쌍하다는 말에 유리의 눈동자가 크게 동요했다.

"슬퍼도 눈물을 참기만 하던 불쌍한 소녀. 그게 너야. 한유리."

무토는 자신의 감정을 외면한 채, 가시가 잔뜩 박힌 것처럼 까끌까끌하고 괴로운 입술을 움직였다.

"유출된 눈물이 청울고등학교에 떨어진 것도, 너와 관련된 눈물들이 유독 성장이 빨랐던 것도. 다 그래서야."

유리의 눈가가 점차 붉어졌다. 크게 실망했으리라. 앞으로 평생 잊지 못할 상처가 될 수 있다는 걸 알면서도 무토는 비겁하게 뱉었다. 자신의 존재가 이 세상에서 사라지게 되는 게 조금이라도 위안이 되길 바라면서 무토가 고개를 떨궜다.

지켜보던 강이 한숨을 깊게 내쉬었다. 승리를 직감한 검사 토끼는 안도했다. 눈물 생산 권한이 있는 토끼는 활짝 미소를 지었다. 상황을 지켜보던 재판장이 의사봉을 쥐려는 순간이었다. 찰랑, 의사봉이 두들겨지는 것보다 먼저 이변이 일어났다. 철썩, 다음으로 들리는 소리는 방파제를 때리는 파도만큼이나 거칠었다. 소리의 근원지는 유리였다. 그녀의 옷소매에 은밀하게 숨어 있던 눈물이 강한 빛을 내며 비대하게 몸을 부풀렸다. 거대한 빛무리가 허공에 떠오르며 존재감을 과시했다.

유리와 친구들의 싸움을 말리기 위해 유출했던 아주 소량의 눈물, 귀책에 걸리기 아슬아슬할 정도로 적은 양이었던 그 눈물이

유리의 감정에 동화하면서 말도 안 되는 속도로 성장했다. 어느새 혹등고래의 모습이 된 눈물은 법정 여기저기를 헤엄쳤고, 방청석에 있던 눈물토끼들은 지느러미에 부딪히지 않기 위해 발을 바삐 움직여야 했다. 법정에 있던 눈물토끼들은 혼비백산이 됐다. 재판장이 의사봉을 세게 두드리며 진정시켜도 상황은 나쁘게 흘러갔다. 너무 빠르게 성장해 버렸다. 제대로 자리를 잡지 못하면 자칫하다가는 폭발할 수도 있는 상황이었다.

"울 것 같은 얼굴로 그런 말 해봤자거든요."

혼란에 젖어 허둥대는 눈물토끼들 사이에서도 유리는 차분하게 무토만을 바라봤다.

"수첩 잃어버렸죠? 봤어요. 얼마나 열받았는데."

몸집을 끝없이 키우던 혹등고래가 분홍빛 물방울이 되어 사방으로 흩뿌려졌다. 마구잡이로 터져나가는 폭발이 아닌 질서정연한 공연이었다. 물줄기와 물줄기가 서로 뭉치며 커다란 스크린을 만들었다. 분홍빛으로 일렁이던 화면은 이내 투명해지더니 수첩 하나를 비추기 시작했다. 유리가 본 무토의 수첩 뒷부분이었다.

햇살이 따뜻하다. 바람이 상쾌하다. 이제껏 당연했던 것들이 왜인지 특별하고 기쁘게 다가온다. 가슴을 헤집던 고통이 요즘은 조금 잠잠했다. 잠잠해지고 나서야 고통스러웠다는 것

도 알았다.

이름. 내 것인데도 잘 사용하지 않던 그것을 최근 자주 듣는다. 궁금함을 나눌 상대가 생겼다. 그 대답이 항상 마음에 드는 건 아니다. 하지만 적어도 숨김없이 물어도 되고, 그 물음은 무시되지 않고 어떠한 형태로든 답을 받는다.

흥미로운 이야기를 꺼내면 눈을 밝히고, 괴로운 이야기를 나누면 함께 침묵해 주는 이가 생겼다.

캐머마일의 향과, 달콤한 과자가 우유와 라면으로 돌아왔다. 처음 먹어 낯설면서도, 따뜻함이 배어 있었다.

피자를 좋아한다고 했다. 생각만으로 빵 하고 웃음을 터트리는 모습에 꼭 한번 먹어보고 싶었다.

그럴 수 있을까? 그전에 돌아가게 될까? 가족이 있다면, 친구가 있다면 이런 느낌이었을까.

이렇게 즐거웠을까.

문장을 보여주던 분홍빛 물줄기가 흩어져 쏟아지듯 유리에게 스며들었다. 폭풍이 지나간 법정은 고요했다. 넘어진 눈물토끼가 천천히 몸을 일으켰고, 서로를 안고 있던 눈물토끼가 서로를 쳐다봤다. 몇몇은 분홍빛이 물든 자신의 물방울 일부를 매만졌고, 몇몇은 훌쩍이며 자신의 물방울을 흘렸다. 눈물이 비춘 건 무토의 단면이었으나, 그 단면에도 마음이 녹아든 눈물토끼들이 있었다. 위기를 느낀 검사 측 눈물토끼가 분위기를 바꾸기 위해 다급하게 목소리를 키웠다.

"현혹돼선 안 됩니다, 여러분! 피고는 정체를 숨겨야 하는 의무를 저버렸습니다. 이는 분명한…!"

변명의 여지 없는 죄목이었다. 유리는 무토의 증인이면서 동시에 무토의 죄를 증명하는 증인이기도 했다. 눈물토끼는 사람에게 정체를 들켜서는 안 된다. 변호를 준비한 강도 가장 어쩌기 어려운 부분이었고, 해당 부분이 해결되지 않는 한 무토가 처벌을 피하기는 어렵다는 걸 유리도 강에게 들었다. 그리고 그 해결법 또한 유리는 알고 있었다.

"무토."

유리가 눈짓하자 무토의 옆에 있던 강이 무토에게 팔찌를 건네줬다. 무토가 수족관에 두고 갔던 바다 나비의 날갯소리였다.

"마음대로 빼기 없기예요? 우리 우정 팔찌잖아요."

유리의 손을 확인한 무토는 숨을 참고 있는 것처럼 가슴이 답답했다. 망각의 씨앗이 그녀의 손에 쥐어져 있었다. 무토에게 받은 두 알 중 실수로 미래에게 사용하고 남은 하나였다.

"잊어버려도 다 없어지는 건 아니니까."

유리가 주위를 찬찬히 돌아봤다. 시선의 끝이 머무는 곳은 당연하게도 무토였다. 기억을 잃더라도 그 모습은 눈 안에 담아가고 싶은 마음에 유리는 지그시 무토를 바라봤다.

그를 만난 건 행운이었다. 이제 답례할 시간이었다. 여러 일이 있었기 때문일까, 짧은 시간이었음에도 오랜 친구와 작별하는 기분이었다. 몇 차례 주저하던 유리가 씨앗을 입에 머금었다. 소중한 사람을 위한 행동. 아빠도 비슷한 마음이었을까.

"또 만나러 와요. 그때는 토끼 귀 잘 숨기고요. 우리 꼭 같이 피자 먹어요."

오도독, 으깨진다. 아몬드를 닮은 씨앗이, 귀신을 쫓던 순간이, 처음 만난 모습이, 라면을 먹고, 수다를 떨고, 웃고 울던 무토와의 모든 기억이 깊고도 강한 파열이 되어 가슴을 할퀴며 으깨진다.

"안녕, 무토."

역시 그렇구나. 마음을 똑바로 마주하면 눈물이 나는구나. 그래도 웃자, 웃으면서 인사하자. 무토를 위해서라도.

유리의 중심이 흔들렸고, 무토의 중심도 마찬가지로 흔들렸다.

쓰러지기 직전의 유리를 무토가 간신히 받아냈다. 무토의 품에서 유리는 밀려오는 잠을 이기지 못하고 느릿하게 눈을 감았다. 안개가 낀 것처럼 흐려지는 시야 속에서 강이 했던 말이 떠올랐다. 이곳에선 망각의 씨앗이 지상에서보다 빨리 자란다고. 정신을 잃을 수도 있다는 사실을 몸소 느끼며 유리가 단꿈에 빠져들었다.

"피고. 아직도 눈물이 필요 없다고 생각합니까?"

뚝. 바닥에 떨어지는 눈물이 처음엔 누구 것인지 몰랐다. 또 한 번 뚝. 눈물이 정확히 발밑에 떨어지고 나서야 무토는 그게 자신의 것임을 알았다. 눈물 한 방울 만들어낼 수 없었던 눈물토끼에게서 눈물이 나오고 있었다. 인정 받지 못했던, 자신 편을 들어주는 이 하나 없던 그를 위해 처음으로 누군가가 함께해 줬다.

"다시 묻습니다. 피고는 지금도 눈물이 필요 없다고 생각합니까?"

무토가 천천히 고개를 들었다. 그가 떨리지만 단호한 음성으로 답했고, 재판장이 고개를 끄덕였다. 무토가 눈물 탱크에서 일한 지 하늘 꽃이 피고 지길 딱 100번 되는 날이었다.

〜〜〜

보글보글. 나는 물속으로 가라앉고 있었다. 하염없이 밑으로 잠기는 나를 두고 비웃는 소리가 어둠 속에서 맴돌았다. 차단된 시야 탓에 감각이 둔해진다. 가라앉는 걸까, 떠오르는 걸까, 그것도 아니면 한곳에 멈춰있는 걸까. 빠져나갈 길 없이 영원히 이곳에 나를 붙잡아 두고 싶어 하는 괴물과 눈을 마주쳤다.

"이제 안 무서워."

가늘고 길쭉한 흰 팔 두 개에 붙은 앙상한 열 개의 손가락이 꼼지락대며 다가온다. 목을 움켜쥐며 내 거짓말을 비웃는다. 맞아, 사실은 아직도 무서워.

"그래도 피하지 않을래."

세상이 쏟아졌다. 철퍽, 하고. 사각형 공간은 교실을 닮았고 나는 책상에 앉아 있다. 시험을 알리는 칠판 앞에는 문제 대신 아빠가 서 있다. 10년이라는 시간이 흘렀어도 아빠는 그때 그 모습 그대로였다.

"아빠."

불러봐도 아빠는 굳게 입을 다문 채 그 자리에 서 있을 뿐이었다.

"아빠는 나 안 보고 싶어?"

교실 창문 밖으로는 매캐한 연기가 가득했다. 문 밑으로는 검붉은 화염이 교실 안으로 들어오고 싶어 안달이었다.

"난 보고 싶어. 자주. 졸업식 때도 그렇고, 입학식 때도 그렇고, 참관 학습 때도, 축제 때도. 그뿐인 줄 알아?"

창문이 깨진다. 문은 불에 탄다. 교실을 덮치는 불행을 아빠는 가만히 바라봤다.

"가족 영화도 같이 보러 가고 싶어. 같이 맛있는 것도 먹으러 가고 싶어. 놀이동산도, 여행도, 수족관도. 다른 애들이 가족끼리 뭐 했다 그러면 난 그게 부러워."

숨이 막혔다. 가슴을 누르는 먹먹함에 짓눌려 괴로웠다. 살갗이 뜨겁다, 기침이 나왔다.

"난 이제 못 하잖아."

따가움에, 서러움에, 속상함에 눈물이 났다. 아빠가 천천히 내게 다가왔다. 커다란 팔을 활짝 펴 나를 안아줬다. 역시나 따뜻했다. 흐트러진 호흡을 간신히 억누르며 말했다.

"나 아니었으면."

항상 피해 다니기 바빴던 마음이었다.

"나만 없었으면 아빠 괜찮았겠지?"

다른 방법이 있지 않았을까, 어쩌면, 아빠 혼자라면 다른 방법으로 무사하지 않았을까, 아빠가 그렇게 된 건 내 탓이 아닐까.

"미안해, 아빠."

나를 꼭 안아주는 아빠 몸에선 빛이 났다. 빛은 어둠도, 불꽃도, 연기도 밀어냈다. 상쾌한 공기가 돼주고, 부드러운 이불이 돼주고, 깨끗한 물이 돼줬다.

"괜찮아."

끊어진 필름이 다시 이어 붙여지며 밀어내기만 했던 기억이 영사기를 타고 흘렀다. 그날 아빠가 내게 속삭였던 말.

"언제나 사랑한다. 내 딸."

바람 갈라지는 소리가 들린다. 떨어지는 충격은 없었다. 대신 퍼덕이는 강한 맥동이 몸 전체를 감쌌다. 아빠의 등에는 커다란 날개가 달려 있었다. 이제 아프지 않겠구나. 마음이 뒤섞인다. 그리고 내게서 천천히 흘러 나갔다. 눈물에는 많은 감정이 산다고 했던가. 그 의미를 알 거 같았다.

근데 이 말을 누가 해줬더라?

"유리야!"

하얀 천장, 팔에 꽂혀 있는 링거, 약품 냄새, 엄마의 얼굴. 머리가 멍했다.

"여기 어디야?"

"어디긴 어디야. 병원이지. 뭘 했길래 길에 쓰러져 있던 거야? 누가 신고해 줘서 다행이지, 어쩔 뻔했어."

평소라면 듣기 싫은 잔소리인데도 카랑카랑한 목소리로 빠르게 말을 뱉는 엄마는 래퍼 같아서 피식 웃음이 났다. 웃는 모습에 엄마도 조금은 안심한 얼굴이었다.

길에 쓰러져 있는 나를 지나가던 행인이 신고해서 병원에 실려 왔다고 한다. 검사 결과 특별히 이상은 없다고 했다. 길바닥에서 혼자 뭘 하고 있었냐는 구박에는 답을 할 수 없었다. 기억이 나지 않았으니까. 정말 뭘 하고 있던 거지. 이상하게 마음은 펑펑 울기라도 한 것처럼 후련했다.

"엄마."

뱉어놓고 잠시 뜸을 들였다. 막상 불러놓고도 무슨 말을 하고 싶었던 걸까 곰곰이 생각하다 미용실에서 급하게 왔는지 짧게 잘린 머리카락을 다 털어내지 못한 엄마의 손을 발견했다.

"미안해. 오늘 일도 그렇고, 다른 것들도."

"다른 거 뭐. 숨겨 놓은 시험지라도 있어?"

얼굴을 살짝 찡그리며 묻는 엄마의 눈을 피하며 담담하게 말을 이었다.

"전에 영화 보러 갔을 때도 그렇고, 피자 먹으러 갔던 날도 그렇고. 괜히 나 때문에 아저씨 만나기도 불편할 거잖아."

"유리야."

"아빠 일도 그렇잖아. 나 때문에…."

"한유리!"

화난 목소리에 고개를 들자 붉어진 엄마의 눈이 보였다. 금방이라도 무언가 쏟아져 버릴 듯한 눈동자는 아저씨를 처음 소개해 주던 그날보다도 아슬아슬했다.

"무슨 소릴 하는 거야. 너 때문이긴 뭐가 너 때문이고."

"아빠 나 때문에 그렇게 된 거잖아."

떨리는 내 목소리를 따라 엄마의 입술이 파르르 떨렸다. 엄마가 나를 꽉 안았다.

"왜 그런 생각을 했어, 엄마는, 엄마는."

목이 메어서 말이 잘 나오지 않았다. 내 등을 토닥토닥 쓸며 엄마가 말했다.

"유리 잘못이 아니야. 그런 생각하는 줄도 모르고…. 엄마가 신경 못 써줘서 미안해."

엄마가 나를 꼭 끌어안은 채 말을 잇지 못하고 조용히 흐느끼기 시작했다. 낯설었다. 엄마는 내 앞에서 울지 않았다. 아빠가 떠난 이후에도 그랬다. 혼자 남은 미용실에서 숨죽여 울거나, 늦은 새벽 조용히 눈물을 훔치더라도 내 앞에서는 울지 않았다. 항상 몰래 울었다. 그걸 알면서도 마주할 용기가 나지 않아 모른 척했었다. 오늘에서야 혼자 울던 엄마를 부둥켜안고 한참을 같이 울었.

미루기에 바빠 오래도록 한곳에 고여 상해가던 감정의 웅덩이가 눈물에 쓸려가며 작아졌다. 내 어깨를 잡고 조금 떨어진 엄마가 눈을 똑바로 마주치며 말했다.

"다른 사람 안 만나도 돼. 엄마는 유리가 제일 소중해."

"엄마."

여태까진 같은 시간을 함께 보냈어도 속내에 담은 괴로움을 제대로 나누지 못했다. 왤까, 왜 마음이라는 건 남이 알아줬으면 싶다가도 한편으로는 또 숨겨버리고 싶을까. 아마 돌아오는 반응 때문이겠지? 긍정을 기대한 마음은 뾰족한 부정을 감당하기 두려우니까. 한껏 걱정시킨 엄마의 불안을 덜어주고 싶었다.

"다음에 같이 저녁 먹자. 아저씨랑."

에필로그.

피자집

톡톡, 펜 뒷면으로 수첩을 두드리던 무토가 생각에 잠겼다. 무언가 적을 듯 말 듯 허공에서 춤을 추던 펜이 미끄러져 무토의 손에서 떨어졌다. 수첩 위로 떨어진 펜촉에서 잉크가 튀었다. 물방울 진 검은 액체가 천천히 종이를 물들이는 모습을 바라보며 무토가 생각에 잠겼다.

눈물을 통해 그 가치를 증명해 보였다는 재판장의 말이 기사화되어 한동안 시끌시끌했다. 무토에 대한 긍정적인 여론과 부정적인 여론은 여전히 치열하게 다투고 있었다. 아직 갈 길이 멀다. 눈물 관리 임원들에게 매서운 눈을 부리라던 강은 앞으로 넘어서야 할 것들이 산더미라며 무토에게 협력을 요청했다. 개인의 잇속에 눈이 멀어 눈물의 가치에 흠을 내는 이들을 모두 모아 메마른 소금땅에 처박겠다는 강이 무토는 썩 싫지 않았다.

이래저래 당분간은 눈코 뜰 새도 없이 바쁠 게 뻔했다. 지상에 내려갈 수 있는 날도 한참 후가 되겠지. 잡념에서 빠져나온 무토가 수첩에 튄 잉크를 닦아 낸 후 다음과 같이 펜을 움직였다.

피자를 먹자.

지상에 다시 내려가게 되면, 그때는 꼭 피자를 먹자. 이 정도가 무토가 부릴 수 있는 욕심이었다. 같이 가자던 유리의 목소리를 조용히 삼키며 손목에 걸린 바다 나비의 날갯소리를 매만졌다. 에메랄드빛이 무토를 대신해 반짝반짝 날갯짓하며 소란을 부렸다.

◈

들숨에 섞인 겨울 냄새가 한층 도드라졌다. 유리는 겨우 익숙해질 때가 되면 금방 다음으로 넘어가는 네 자리 숫자가 야속하게 느껴졌다.

[내일 영화 볼래?]

민우에게 온 메시지를 곁눈질로 확인한 미래가 한쪽 입꼬리를 올리며 음흉하게 웃었다.

"깨가 쏟아지네."

아직도 이런 얘기를 할 때면 어색하게 얼굴을 붉히는 유리가 미래는 좋았다. 장난기 가득한 미래와 달리 시큰둥한 얼굴을 한 초롬이가 유리에게 무심하게 물었다.

"이제 고3인데 헤어져야 하는 거 아니야?"

안 그래도 의식하는 부분을 정확히 찔린 유리가 오류 메시지로 뒤덮인 바탕화면을 마주한 표정이 되었다. 미래도 마찬가지였다.

"허, 우리 이제 진짜 고3이야?"

절규하는 미래를 보며 초롬이는 아차 싶었으나, 엎질러진 물을 돌이킬 순 없었다. 미래는 초롬이의 팔을 있는 힘껏 붙잡고 흔들며 더 크게 절망을 토로했다.

"수능 보는 거야? 공부만 해야 돼? 그러다 졸업하고? 뿔뿔이 다 흩어지고?"

"어차피 공부만 안 할 거잖아."

질렸다는 얼굴로 노려봐도 미래는 초롬이의 팔을 놓아주지 않고 계속 흔들었다. 수능도 수능이지만, 명확한 답을 구할 수 없는 진로 문제로 미래는 부쩍 고민이 많았다.

"이럴 순 없어. 놀러 가자. 이번 겨울 방학에 셋이 놀러 가자!"

"고3 되는데 방학이 어딨어. 지금부터 해야지."

"가자, 가자아아아아. 유리야, 갈 거지?"

초롬이로는 만족하지 못했는지 유리에게까지 팔짱을 끼고 몸을 흔드는 미래를 막아선 건 배꼽시계였다. 꼬르륵, 울리는 소리와 꺄르륵, 웃는 소리가 뒤엉켜 발걸음을 재촉했다.

"피자 어때?"

"콜. 무조건 콜."

미래가 고개를 격하게 흔들며 유리의 말에 동의하자, 초롬이가 주저하지 않고 근처 피자 가게 문을 열고 들어갔다. 달짝지근한 냄새를 풍기는 내부에는 손님이 많지 않았다. 콧노래를 부르며 키오스크에서 메뉴판을 훑는 미래에게 유리가 물었다.

"뭐 먹을까?"

"파인애플 어때?"

미래의 말에 놀란 초롬이가 잔뜩 표정을 구기며 되물었다.

"파인애플? 파인애플 피자?"

"응."

일그러진 초롬이의 얼굴을 보며 미래가 혀로 입술을 축이며 웃었다.

"왜, 단짠 조합이잖아."

"그게 무슨 단짠이야."

"치즈랑 햄은 짜고, 파인애플은 달고. 파인애플 알레르기라도 있어?"

"아니, 그냥 맛없어서 싫어."

미래와 초롬이가 피자를 고르는 사이 유리는 키오스크에서 탄산음료를 선택했다. 유리가 손을 떼는 순간을 놓치지 않은 미래가 탄산음료 수량을 세 개로 바꾸고 파인애플 피자를 선택해 주문하기 버튼을 눌렀다.

"여기 파인애플 피자 진짜 맛있어. 먹어봐. 내가 사줄게."

결제를 마친 카드를 비장하게 뽑아내는 미래를 허탈하게 바라보던 초롬이가 한숨을 길게 내쉬며 째려봤다.

"너 진짜 싫어."

"응, 난 너 진짜 좋아."

초롬이는 뾰로통한 태도를 취하면서도 달라붙는 미래를 억지로 밀어내지 않았다. 음료수 기계에서 나란히 컵을 채운 뒤 빈자리로 향하면서도 미래가 끊임없이 초롬이에게 속삭였다.

"여긴 다르다니까. 네가 먹은 파인애플 피자는 다 쓰레기야. 여기가 진짜야."

"알았다고."

초롬이의 누그러진 태도에 기분이 좋아진 미래가 흥을 주체하지 못하고 몸을 흔들다 중심을 잃었다. 어, 어 하며 넘어지려던 걸

잡아주던 유리가 실수로 쥐고 있던 컵을 놓치고 말았다. 음료가 소나기처럼 바닥을 때리며 사방에 튀었다. 옆 테이블에 앉아 있던 사람의 옷까지 더러워져 버렸다.

"죄송합니다."

유리가 재빨리 고개를 숙이고 미래와 초롬이도 난처한 얼굴로 사과했다. 더러워진 옷이 하필이면 비싸 보이는 정장이었다.

"큼."

심지어 남자의 일행은 인상이 무척이나 사나웠다. 옷이 더러워진 남자에게 눈짓하며 괜스레 목을 가다듬는 그는 할 말을 참고 있는 것 같았다. 한 번 더 사과하는데, 남자가 자신의 바지를 툭툭 털어내며 말했다.

"괜찮아요."

한마디 거들려는 사나운 눈매의 남자에게 별일 아니라는 듯 고개를 젓고는 다시 유리에게 눈을 맞추며 안심시켰다.

"진짜 괜찮아요."

괜찮다는 사람치고 눈이 붉게 충혈돼 있었다. 음료가 좀 튀었다고 우는 건 아니겠지. 괜찮다고 했으니까 정말 괜찮은 거겠지. 더러워진 바닥은 가게 직원이 걸레를 가져와 닦아줬다. 난감하게 서로를 바라보던 유리와 친구들은 몇 차례 죄송하다는 말을 반복하며 쭈뼛쭈뼛 멀리 떨어진 자리에 앉았다.

"우는 거 같은데?"

자리에 앉은 후에도 남자를 예의주시하던 미래가 아주 작은 목소리로 속삭였고, 초롬이가 미래의 팔을 세게 때렸다.

"그러니까 조심 좀 하라고."

"미안해."

움츠러든 유리의 어깨도 툭 치며 초롬이치고는 상냥한 목소리로 말했다.

"실수할 수도 있지. 사과도 했고, 괜찮다고 하셨잖아. 그럼 됐지 뭐. 그리고 뭘 울기까지 하겠어."

"아니 진짜 우는 거 같은데? 어깨도 좀 들썩들썩하고?"

"야, 실례라고. 그만 쳐다봐."

미래는 초롬이에게 팔을 두 대나 더 내어줘야 했다.

"저 사람들이 애냐? 옷 좀 더러워졌다고 울게. 심각한 얘기 중이었겠지."

양복을 입은 두 남자가 식사를 마치고 일어나자, 셋은 쥐 죽은 듯 숨을 삼켰다. 가게 문에 달린 풍경이 짤랑하는 소리가 들리고 안도가 찾아왔다. 찝찝한 마음은 뒤이어 등장한 피자가 무찔러 줬다. 금세 다시 떠들다가 유리는 문득 남자가 차고 있던 팔찌가 눈에 익다는 사실을 깨달았다.

"나랑 똑같은 거였나?"

왜인지 낯이 익은 그가 마음에 걸렸지만, 관심은 길쭉하게 늘어지던 치즈와 함께 끊어졌다. 피자가 어찌나 맛있던지, 화가 날 정도로 기뻤다.

부드러운 노랫소리가 짧게 끝이 났다. 피자 가게를 나와 오랜만에 날갯짓한 팔찌를 조심스럽게 매만지는 무토를 보며 강이 씁쓸하게 혀를 찼다.

"이야기나 더 해보지 그래."

눈물 부정 오염의 범인 검거, 거짓 증거물 채택 기관 조사, 눈물 생산 임원의 불법 보석 유통 등 한 팀으로 여러 일을 넘긴 둘은 말을 편하게 놓을 정도로 돈독한 사이가 되었다. 무토만큼이나 강도 친구가 많은 편은 아니었기에 통하는 점이 많았다.

"다음에."

기약 없는 약속은 얼핏 회피에 가까워 보였으나, 무토를 옆에서 지켜봤던 강은 그가 언젠가는 그 말을 반드시 지키리라 짐작했다.

"아쉽지 않아?"

"잊어버린다고 해서 다 없어진 건 아니잖아."

무토를 만날 당시 유리가 품었던 커다란 고민들은 사소할 정도로 작아졌다. 아마 지금 가지고 있는 행성처럼 커다란 고민도 언젠가는 멀어져 밤하늘의 별 같아지겠지. 자신의 감정에서 도망치지 않고 마주하는 유리라면 분명 그렇게 될 것이다. 발걸음을 옮기기 전 무토가 가만히 서서 친구들과 해맑게 떠드는 유리를 눈에 담았다.

"맛있네. 피자."

유리가 바지에 쏟았던 음료가 옷깃에도 몇 방울 튀었던 모양이다. 크고 작은 세 개의 물방울이 별이 가득한 밤하늘처럼 흰 와이셔츠에 깊게 물들어 있었다.

작가의 말

"재밌었나요?"

가장 하고 싶은 작가의 말이라면 역시 이 말 같습니다. 재밌었나요? 고개를 끄덕여주신다면 저는 활짝 미소를 짓겠습니다. 제게도 같은 질문을 주신다면, 네, 전 그랬습니다.

무토와 유리, 초롬이와 미래, 동아리 친구들까지. 청울고등학교에서 함께한 시간이 무척이나 즐거웠습니다. 이 글을 읽고 계신 여러분도 부디 같으셨길 소망해 봅니다.

어렸을 때는 악당이 따로 있는 줄 알았습니다. 못된 사람이 따로 있어서 선한 사람들이 힘을 합쳐 물리치는 이야기를 좋아했습니다. 그래서 때론 한 사람의 단면만 보고 그 사람을 판단하기도 했던 것 같습니다.

나이가 들수록, 다양한 사람을 만날수록 깨닫게 된 건 사람은 입체적이라는 것입니다. 제겐 참 이해도 되지 않고, 싫은 사람이 누군가에게는 좋은 사람이기도 하다는 점에 깜짝 놀랐습니다. 상황에 따라 미웠던 사람과 친구가 되기도 했습니다. 물론 반대일 때도 있었고요. 사람은 동전의 양면처럼, 아니 그보다 훨씬 많은 면을 가지고 있습니다.

  여러 면을 가진 도형이 여러 꼭짓점을 가지게 되는 것처럼, 타인의 뾰족한 부분이 너무 공격적이어서 깎아버리고 싶은 충동이 들 때도 있을 겁니다. 가능하다면 날카로움을 맞대기보다 부드러운 미소로 감싸주세요. 그렇게 면을 더하다 보면 언젠가는 동그란 원이 될지도 모르잖아요.
  저 또한 그런 사람이 되도록, 그런 글을 쓰도록 꾸준히 정진하겠습니다. 고된 일상에서 따뜻하게 인사를 나눌 수 있는 작가가 되도록 노력하겠습니다.

  그럼, 다음 만남을 소망하며. 안녕히.
  당신의 공간을 허락해 주셔서 감사합니다.

눈물토끼가 떨어진 날

초판 1쇄 인쇄 2025년 6월 17일
초판 1쇄 발행 2025년 6월 30일

지은이 서동원

총괄 김명래
책임편집 김혜정
디자인 zincbook
책임마케팅 최혜령, 박지수, 도우리
마케팅 콘텐츠IP 사업본부
해외사업 한승빈

경영지원 백선희, 권영환, 이기경, 최민선
제작 제이오

펴낸이 서현동
펴낸곳 ㈜오팬하우스
출판등록 2024년 5월 16일 제2024-000141호
주소 서울특별시 강남구 테헤란로 419, 11층 (삼성동, 강남파이낸스플라자)
이메일 info@ofh.co.kr

ⓒ 서동원 2025
ISBN 979-11-94930-49-5 (43810)

한끼는 ㈜오팬하우스의 출판브랜드입니다.

- 이 책은 저작권법에 따라 보호받는 저작물이므로 무단전재와 무단복제를 금지하며, 이 책 내용의 전부 또는 일부를 이용하려면 반드시 저작권자와 ㈜오팬하우스의 서면동의를 받아야 합니다.
- 책값은 뒤표지에 표시되어 있습니다.
- 잘못된 책은 구입하신 서점에서 바꿔드립니다.